磨铁经典第八辑·发光的女性

女人!去写那些如果你不写出来,
就无法呼吸的东西。

春之死

[西] 梅尔赛·罗多雷达
Mercè Rodoreda — 著

王岑卉 译

LA MORT I LA
PRIMAVERA

江苏凤凰文艺出版社

图书在版编目（CIP）数据

春之死 /（西）梅尔赛·罗多雷达著；王岑卉译.
南京：江苏凤凰文艺出版社，2024. 12. -- ISBN 978-7-5594-8892-3

Ⅰ．I551.45
中国国家版本馆CIP数据核字第2024KF0228号

版权局著作权登记号：图字10-2024-226
La Mort I La Primavera by Mercè Rodoreda
Copyright © Institut d'Estudis Catalans, 1986
Published in arrangement with Casanovas & Lynch Literary Agency S.L.,
through The Grayhawk Agency Ltd.
Simplified Chinese translation copyright © 2024 by Beijing Xiron
Culture Group Co., Ltd.
All Rights Reserved.

春之死

[西] 梅尔赛·罗多雷达　著　王岑卉　译

责任编辑	曹　波
特约编辑	夏　冰
装帧设计	艾　藤
出版发行	江苏凤凰文艺出版社
	南京市中央路165号，邮编：210009
网　址	http://www.jswenyi.com
印　刷	河北鹏润印刷有限公司
开　本	787毫米×1092毫米　1/32
印　张	5.75
字　数	96千字
版　次	2024年12月第1版
印　次	2024年12月第1次印刷
书　号	ISBN 978-7-5594-8892-3
定　价	48.00元

江苏凤凰文艺版图书凡印刷、装订错误，可向出版社调换，联系电话025-83280257

目 录

导读：《春之死》何许书也？ _001

第一部分 _013

第二部分 _043

第三部分 _085

第四部分 _141

导读：《春之死》何许书也？

我第一次阅读梅尔赛·罗多雷达的小说是在 2019 年，那时，为了准备约瑟·普拉的《灰色笔记》的分享活动，我读了多部加泰罗尼亚语文学作品的汉译本，其中就包括罗多雷达的短篇小说集《沉吟》，深深地被这位作家细腻又犀利的笔锋震撼，不过印象更深的还是书中收录的加西亚·马尔克斯的文章《梅尔赛·罗多雷达何许人也》。的确如此，虽然西班牙的西班牙语文学与加泰罗尼亚语文学有着千丝万缕的联系，但对于我们这些西班牙语文学的研究者来说，加泰罗尼亚作家依然十分陌生，所以我当时也有"梅尔赛·罗多雷达何许人也"之类的困惑，只是在读过《沉吟》后，才对她有了一定的了解，一番查阅后，才知道她的名作《钻石广场》和《茶花大街》也早已有了中译本。

如今，差不多五年过去了，不仅《钻石广场》在2023年推出了新译本，由我的同行、友人魏然老师撰写专文导读，《沉吟》以《未始之初》为题再版，小说《碎镜》有了中译本，就连大家手中的这本蒙尘明珠般的经典之作《春之死》也在我国出版，似乎梅尔赛·罗多雷达应当已经成为中国读者耳熟能详的作家。然而事实并非如此，多年之后的今天，那个疑问依然萦绕在绝大多数中国读者心头：梅尔赛·罗多雷达何许人也？这既是一种遗憾，也是值得庆贺的事情。说遗憾，是因为还有那么多读者没有接触过罗多雷达震撼人心的文字；说值得庆贺，是因为开始享受这些文字的机会依然在等待着这些读者。就在今年（2024年），我出版了《不止魔幻：拉美文学第一课》一书，书名既道出了拉美文学的特点（当然了，罗多雷达是西班牙作家，其作品并不属于拉美文学），实际上也部分反映了我本人的阅读偏好：比起魔幻或幻想文学，我似乎更喜欢现实性强的作品。可是在读过《春之死》后，我发现这样的想法很片面，因为同《沉吟》或《钻石广场》等书相比，《春之死》显然更朦胧、更深邃，幻想和象征的色彩更浓，可我却独独喜欢这一本，我甚至觉得它是我在今年读过的最好的小说之一。我因而想到，也许不了解罗多雷达的读者也完全可以把《春之死》作为进入她的文学世界的入口。

但我们还是要先来解决"梅尔赛·罗多雷达何许人也"的问题,因为尽管幻想性很强,但《春之死》依然与作者的人生经历有着密切的联系。1908年10月10日出生于巴塞罗那的梅尔赛·罗多雷达被认为是20世纪最有影响力的加泰罗尼亚语作家,她的作品包括诗歌、戏剧、长短篇小说,其中有些作品已经被翻译成四十余种语言。罗多雷达是家中的独女,其父母均钟爱文学(尤其是戏剧)和音乐。另一件为罗多雷达文学素养的形成奠定基础的事件是,她的外公佩雷·古尔吉于1910年在自家花园中为他的好友、加泰罗尼亚语诗人哈辛托·维尔达格尔(Jacinto Verdaguer)竖起一座纪念碑,还将这位诗人的代表作刻在了上面。罗多雷达自此将这位诗人视作自己的"导师",从他的作品中,她学会了热爱加泰罗尼亚的土地和语言以及鲜花和自然,这些元素也都体现在她本人的文学创作中。

1921年,由于外公辞世,舅舅胡安·古尔吉前来主持家务,罗多雷达早已在频繁的书信往来中将这位舅舅理想化了,如今更是为他的风度所折服。1928年10月10日,罗多雷达在20岁生日的当天,同这位比自己大14岁的舅舅结了婚,但两人的婚姻生活并不幸福。一年后,罗多雷达唯一的儿子乔迪·古尔吉出生，由于后来长时间的分离，她和儿子的关系始终不佳。这种压抑的生活氛围，以及奇特的家庭和婚姻关系实际上也体现在《春之死》中。

1931年，在教育学家、语言学家德尔芬·达尔马乌的指导下，罗多雷达的文学才华开始显现。1932年，她的第一部长篇小说《我是个诚实的女人吗？》出版，并在次年获霍安·克雷赛斯文学奖。在接下来的几年里，罗多雷达一边从事记者工作，一边继续自己的文学创作。1937年对于罗多雷达的人生来说是个重要的年份，在这一年，她至今仍未引进中国大陆的小说《阿罗玛》（*Aloma*）再次获得霍安·克雷赛斯文学奖，她与丈夫离了婚，而西班牙内战也在不久之前爆发了。西班牙内战导致罗多雷达的人生走向发生了巨大变化。1939年1月23日，罗多雷达流亡法国。她本以为流亡生涯不会持续太久，还因此将独子留给母亲照料。而罗多雷达流亡海外，正是出于母亲的建议，因为她担心罗多雷达为左翼媒体工作的背景会招来佛朗哥集团的报复。1940年，为了躲避纳粹，罗多雷达和其他许多流亡法国的西班牙知识分子一起逃离巴黎，历经艰辛跋涉，最终抵达利摩日。1943年年底，她又搬去了波尔多，同曾一起流亡的情人阿曼德·奥利奥尔斯一起生活。战后，两人在1946年搬回了巴黎。1951年，阿曼德开始在联合国教科文组织担任译员，于是两人又在1953年搬到日内瓦生活。从1958年起，在未和罗多雷达分手的情况下，阿曼德开始与另一个女人保持情人关系，并一直维持到1971年他去世。

20世纪60年代初，在远离故土二十余年后，罗多雷达在日内瓦开始创作如《钻石广场》《春之死》等数部重要的长篇小说。1971年，阿曼德离世，他有另一位情人的事实也最终被罗多雷达获悉，她深感孤独，最终于1972年回到西班牙生活，此时离她开始流亡已经过去了三十三年。1983年，罗多雷达患癌症去世，享年74岁。在她去世三年后，《春之死》才在西班牙出版，最初并未引起广泛关注，却在近年声名大噪，被认为是罗多雷达最重要的作品之一。

爱情、孤独、焦虑、恐惧、死亡……罗多雷达人生中的这些关键词几乎全部在《春之死》中有所体现，它也被认为是罗多雷达最具悲剧性的作品。故事的叙述者是一个青年人，在故事开始时是14岁，后来随着情节推移长大成人。他生活在一个我们不知晓名字的残酷村庄中，这座村庄似乎与世隔绝，附近有座山，山上住着位神秘的老爷，似乎是村子的主导者，可后来也难逃残酷的传统与宿命；这里还有条河，村里人会通过抽签的方式选择某个男人独自跳进河里，从村子底下游到河的另一侧，被抽中的人即使没死在河里，也会受伤毁容。村子里最古怪的传统当属"树葬"，村里人从出生开始就会在亡者森林中拥有一棵属于自己的长眠之树，将死之人在未完全死透之时就会被村民从口中灌满水泥，塞进树里等死。每次树葬后，村子里还会进行神秘的庆祝活动，只不过我们不了解活动的详细情况，因为作为叙事人的主人公还是无法参加类似活动的小孩子，他们在活动期间会被家长锁起来。而在山的另一侧还存在着一些所谓黑影，它们"随时可能袭击村子"……

整个故事就在这种诡异而压抑的氛围中展开，一切都显得混乱而零碎，我们无法在书中为这些谜团找到合理的解释，因此有评论家认为，正确阅读《春之死》的方式不是纠结于情节发展，而是感受它的氛围与气息。

有研究者认为，书中村庄的运转模式是对佛朗哥政权的隐喻，并由此认定《春之死》是罗多雷达作品中政治性最强的一部。这种看法自然有一定道理。正如我们在上文中指出的那样，西班牙内战及之后长达三十六年的佛朗哥独裁统治对罗多雷达的人生产生了巨大的影响，内战不仅让罗多雷达感受到了焦虑、彷徨和恐惧，更实实在在地迫使她走上了漫长的流亡之路，但是她并没有亲身体会过佛朗哥统治下的西班牙的社会氛围，而多是在远距离观察，再借由想象对那种压抑和绝望的环境进行夸张，继而将之呈现在《春之死》中。可以说，这部作品创作于佛朗哥统治在西班牙稳固下来的20世纪60年代绝非偶然。可如果我们简单地认定《春之死》是对彼时西班牙社会的隐喻，那就只是狭隘地理解了此书的艺术价值，同时也无法解释为何此书会在西班牙步入民主发展阶段二十余年后的新世纪才慢慢获得阅读界和评论界的认可。实际上，书中对村子的描写更应被理解为对人类社会中权力与社会体系运转机制的关系的描摹。前述种种村子里奇怪的习俗竟然被一代又一代村民接受并传承，绝大部分人不问缘由地盲目遵从，即是极好的例子。

与此同时，《春之死》又拥有许多可以深挖的平行主题，如罗多雷达一直关注的女性主题。书中的村子里还有一个奇怪的习俗：孕妇都要被蒙上眼睛，"因为如果她们盯着其他男人看，肚里的孩子也会偷看，然后他们就会长得像那些男人"，而且在村里的男人看来，"女人见一个爱一个，而且怀孕时间越长，坠入爱河的速度就越快。女人会坠入爱河，加上肚里的孩子会偷看，于是不该发生的事就发生了"。这些描写不禁让人赞叹罗多雷达的敏锐，她在数十年前就犀利地观察到了女性在男性社会中遭受到的种种不公待遇，并巧妙地利用自己的作品将之呈现了出来。而与此同时，这种有些畸形的爱情观、家庭观也体现在主人公身上，他目睹父亲的死亡（值得注意的是，我们甚至无法确定在树葬中死去的是不是他的亲生父亲，因为他的父亲也有可能是村子里的铁匠，也就是另一个疑似村子主导者的角色），又与成为遗孀的继母结合，还生了孩子，这些内容又与罗多雷达自己的生活及情感经历密切相关，这一点我们在之前已经有所提及了。

村子里几乎所有的居民都如行尸走肉般生活，仿佛没有自己的思想，时常会让我们想起加缪笔下的"局外人"，即便是看似与其他村民有所不同的主人公，也并未对自己同继母的关系流露出任何合理的情感（如内疚或自责）。不过，也许他们真的是些"行尸走肉"，是仍在喘息的亡人，毕竟《春之死》是部大量运用象征手法写成的作品，正如不少学者认为书中时常出现的蜜蜂象征死亡一样，也许整个村庄就象征着充满死亡气息的地狱。谈及此处，我们不得不试着对此书做一题解：这部小说的原版加泰罗尼亚语书名为 *La mort i la primavera*，西班牙语版采用直译的方式译为 *La muerte y la primavera*，即"死亡与春天"，"死亡"和"春天"是并列的关系，这不禁让我们想到了古希腊传说中著名的珀耳塞福涅的故事，阿根廷当代著名作家玛丽安娜·恩里克斯为阿根廷版《春之死》撰写的前言中也提到了这一点：代表谷种的女神珀耳塞福涅是宙斯和农业之神德墨忒尔的女儿，她从小和母亲一起生活。一天，珀耳塞福涅和宁芙仙女们外出采花，为了采摘一朵美丽的水仙花，珀耳塞福涅在不知不觉中远离了朋友们，就在此时，大地开裂，乘坐四匹黑马拉着的战车的冥王哈迪斯出现，把珀耳塞福涅掳去了冥界。焦急的德墨忒尔四处寻找女儿，太阳神赫利俄斯将发生的事情告诉了德墨忒尔，于是她找到宙斯，要求哈迪斯把珀耳塞福涅送回自己身边，否则她就会让大地颗粒无收。害怕万物荒芜的宙斯派遣赫尔墨斯去说服哈迪斯送还珀耳塞福涅，可彼时珀耳塞福涅已经在冥界吃下了四颗石榴籽，而食用过冥府食物的人是无法回归大地的，珀耳塞福涅因而无奈成为冥后，但为了平息德墨忒尔的怒火，她可以在春天回到地面上与母亲相见。在这个神话中，珀耳塞福涅既是谷种女神，又是冥后，既代表春天，又代表死亡。据说，当她身处冥界，就象征种子沉睡于黑暗的泥土之中，而当她在春天回到地面上时，则象征种子开始苏醒萌芽，也便象征着希望。

罗多雷达自然非常熟悉珀耳塞福涅的神话，我们由此可以推测罗多雷达在当年可能为《春之死》设计的两大主题：

死亡与希望。可是纵观全书，我们会发现书中的死亡完全压倒了希望。书里，与其他村民不同、似乎并非"行尸走肉"的角色寥寥无几：主人公、铁匠之子、牢笼中的犯人……他们隐约具有某种缥缈的反抗精神，似乎想要改变村子的陈规旧俗，但要么毫无行动，要么畏首畏尾，要么行之无效。究其原因，大概这是本"未完成"的作品。创作这部小说的60年代和作者去世的80年代相隔约二十年，然而《春之死》并未在罗多雷达在世时出版，因为她并未按照自己的设计将此书写完，这可能是因为在她创作本书的过程中，政治形势发生了变化，也可能因为在生命的最后阶段，她已不想再陷入压抑绝望的心态，所以"死亡与春天"才成了"春之死"，似乎只见死亡不见希望。不过，正如此书的西班牙语版译者爱德华多·霍尔达（Eduardo Jordá）所指出的那样，罗多雷达虽未按自己的设计写完《春之死》，但这并不意味着此书内容不够完整，只意味着某些人物或情节原本可以继续发展罢了，例如黑影的故事。这种情况有点像罗贝托·波拉尼奥的《科幻精神》，作者本打算让书里追求文学梦的两位主人公投身游击队，死在战场上，可真正落笔时却并未将这一结局写出，只写了他们和一群同样青春激昂的同伴在墨西哥城自由生活、放纵追逐梦想的故事。与《春之死》一样，《科幻精神》也是作者去世后出版的作品,它如今成了一部展现青春、激情、梦想的佳作。而《春之死》也一样,虽未将绝望扭转为希望,可也许正因为这样,才没有流于俗套,才原原本本地将彼时西班牙、欧洲或亘古以来人类社会的诡谲恐怖的氛围展现给了我们,让我们在读完全书后有冷汗直冒的惊悚感、震撼感。

去年,我翻译了加西亚·马尔克斯的遗作《我们八月见》。在保密了几个月后,这本书在今年3月6日作家诞辰之日与读者见面了。在作者之子为这本书写的前言中,我们了解到加西亚·马尔克斯在世时说过那本书不行,要把它毁掉。无独有偶,罗多雷达在世时也曾在提及《春之死》时表示:"我确信没人会喜欢这本书。"优秀的作家总是严苛的,有时或许严苛得有些过分。如今,作为读者的我们只需平静地想一想,就会发现,如果没有《我们八月见》,我们就无法更好地理解如《苦妓回忆录》等加西亚·马尔克斯晚年的作品,也无法深入地了解他在人生最后阶段对衰老、女性等问题的思考。同样地,如果没有《春之死》,我们也就不会发现罗多雷达的文字中竟然还有如此暴风骤雨般的冲击力、如此天马行空的想象力,也就无法完整地感受罗多雷达作品的艺术美,毕竟按照玛丽安娜·恩里克斯的说法,《春之死》

"是杰作，是阴暗的星辰，是难以隐藏的伤疤"。

无论是《科幻精神》《我们八月见》，还是《春之死》，作为读者的我们能够读到这些遗作，总归是幸运的。

侯健

2024年10月5日于西安，

离罗多雷达诞辰116周年还差5天

第一部分

一

我脱下衣服,扔在疯人岩旁边的朴树下。下水之前,我驻足打量天空残留的色彩。春天来了,从地底和枝头重生了,透过树梢投下的斑驳阳光看起来也变得不一样了。我慢慢下到河里,不敢大声呼吸,生怕在我进入水中世界时,空气会开始发怒,化作怒吼的狂风,就像冬日那把屋子、树和人统统吹跑的寒风。我选了河面最宽的一处,那里离村子最远,没人去过,因为我不想被人瞧见。滔滔白浪从山上奔涌而下,雪水和溪流从石缝间涌出。河水滚滚向前,看起来自信满满。所有支流亢奋地汇到一处,永不止息地奔流,拍打两岸。我刚游过马厩和养马的围栏,就发现有只蜜蜂跟着我，伴着马粪的恶臭和紫藤花香。河水冰冷刺骨，我又是伸手划，又是踢腿蹬，还不时停下来喝上一口。太阳似乎想要一飞冲天，从上游乱石滩背后升起，划过白浪滔滔的冰河上空。为了骗过追我的蜜蜂，我一头扎进了水里，这样它就看不见我，不能对付我了。我很熟悉那些顽固的老蜜蜂，它们有一定的理解能力。河水浑浊不清，就像白乎乎的云朵，让我想起了院子里紫藤树下的肥皂泡，它们已经变成了玻璃。这么多年来，紫藤根渐渐将屋子的地面顶得拱起。

村里屋子的外墙全是玫瑰色的。每年春天我们都会刷墙，也许是因为春天的光线不同，能衬出墙壁的粉色，也能衬出河边树叶和阳光的颜色。冬天，我们闭门不出做刷子，用马尾毛做刷毛，拿木头和铁丝做刷柄。做好以后，我们会把它们存放在广场上的工具棚里，等待好天气到来。等到风和日丽的那天，我们所有人——所有男人和男孩，都出发去马拉迪纳山的山洞里采集红色石粉，做成刷墙用的粉色涂料。山上长满石楠，山顶有棵枯树，大风在灌木丛中呼啸。我们顺着系在木桩上的绳梯下到井里，领头的男人拎着一盏油灯。我们慢慢下降，深入潮湿的黑井。井壁上有不少矿脉，如果有阳光照射，肯定会闪闪发亮。再往下，矿脉渐渐消失，黑暗降临，吞噬了一切。我们从那口井进入山洞，山洞就像虚弱老者的嘴,又红又湿。我们把石粉装进麻袋,扎紧袋口。留在井上的人会把麻袋吊上去,一袋摞一袋地堆起来。等回到村里,我们就会往猩红的石粉里掺水,制成粉色涂料,尽管那色彩会被寒冬抹去。到了春天,绽放的紫藤花垂落墙头,蜜蜂绕着鲜花嗡嗡飞舞,这时我们就开始刷墙。突然之间,光线就变得不一样了。

我们会在夜深人静的时候离开村子,伴着马拉迪纳山上永不停歇的狂风。上山的过程相当艰难。我们从井里进入山洞,离开时扛着麻袋,一个跟着一个,像蚂蚁搬家似的。下山途中,从山坡上能看见马在吃草,不过那些马是养来吃肉的。我们把马肉架在火上烤,尤其是在葬礼上。屠宰场里的血佬[①]负责处理其他马。那些人年纪太大,除了宰马,干不了别的事。他们宰出的马肉没味道,吃起来就像在嚼木头。上山的时候,狂风直把我们往下吹,而当我们扛着麻袋下山时,风又把我们往上吹。无论是上山还是下山,风都跟我们作对,像在用大手抵住我们的胸膛。老人们都说,在没人的时候,马拉迪纳山上的风会吹过灌木,风里裹着在山上游荡的灵魂。那些灵魂只做一件事,就是在我们找石粉的时候吹风,在我

---

① 血佬,指屠宰场里专门负责杀马放血或收集马血的人。——译者注(文中注释,如无特殊说明,均为译者注)

们干活时制造麻烦。风在告诉我们,我们干的事毫无意义,最好还是别干了。灵魂没有嘴,只好通过风声对我们说话。

我们把麻袋搁在广场中央,开始往石粉里掺水,把一切都涂成玫瑰色。所有屋子都是粉色的,只有一座例外,那就是老爷的大宅。老爷住在小山之巅,宅子旁边就是断崖。小山俯瞰着村子,保护着村子,也威胁着村子。断崖上爬满了爬山虎,秋天会变得火红,但随即便会死去。

二

我仰起脑袋,钻出水面。这会儿的光线更强了。我慢慢划着水,想在上岸前多游一会儿。河水裹挟着我。如果我任由它攫住我,将我推向前方,卷到水下,那我就会坠入某个无以名状的地方。河里长着许多芦竹,被河水冲得摇来晃去。水中蕴含着风、土和雪的力量,将芦竹冲得弯下了腰。我爬上岸,水珠从身上滚落,皮肤闪闪发亮。那只追了我很久的蜜蜂总算是没跟上来。

我躺在草地上,就在刚才站过的地方,就在疯人岩旁边。地上有个小坑,是某人以头抢地撞出来的,坑里积了不少雨水,一只黑冠鸟在里面洗澡。我面前的森林投下了暗影，那些影子在颤抖。蜘蛛在一种被我们喊作"狗尾巴草"的草叶间结了网，蛛丝上还困着已经死去干瘪的小虫，那些蛛丝在阴天时会变得灰白。我拔起一丛草，草根是白色的，下面挂着点点泥土。在一根弯曲的草根末端，悬着一颗圆溜溜的泥团。我抓紧草叶甩了甩，草根晃了晃，可泥巴还粘在上面。我把那丛草立在膝头，就像要种在上面似的。触感凉凉的。过了一会儿，当我把它从膝盖上拿起来的时候，它已经变得温热。我用力晃了晃，看着泥巴噗噗落下。然后，我把它种回了土里。

我面前是一片森林，大人们时不时会进去。他们去森林的时候，会把我们这些孩子锁在厨房里的木头碗柜里。我们只能透过柜门上镂空的星星呼吸，那是碗柜上星星形状的窗户。有一回，我问住在附近的一个男孩，他是不是有时候也会被锁在厨房碗柜里。他说是。我问他，柜门上是不是有两块木板，两边各有一颗镂空的星星。他说只有一颗，而且它不够大，透不进多少空气，要是大人过了很久才回来，他就会感到难受，觉得快要憋死了。他说，他透过那颗星星看着大人们出发，但在那以后就只看得见墙壁和炉灰。一切看起来都是那么孤寂，那么悲伤。当大人们全都离开，所有孩子都像牲口一样被锁在柜子里时，就连墙壁都变得悲伤又苍老。他说的千真万确：如果没有人在，墙很快就会老化；如果有人陪，它们则会老化得很慢，看起来也不一样——不会变丑，而会变美。大人们清晨才会回来，在街上又是大喊又是高歌，然后睡在地上。他们常常忘记给柜子开锁，结果孩子就会生病，后背疼得厉害，比被爸妈暴揍了一顿还要难受。

村子被刷成了粉色，但人们还是越来越焦虑，因为马，因为囚犯，因为天气，因为紫藤，因为蜜蜂，因为独自住在断崖上大宅里的老爷。那座断崖上爬满了爬山虎，在夏末午后看起来像翻腾的血浪。人们焦虑，还因为卡拉魔，那些藏在灌木丛里的黑影，随时可能袭击村子。每当有马降生，村里就会举行庆典，这时大人不会把我们锁进柜子。在举行大型庆典的时候，我们也不会被锁起来。大型庆典通常由守卫之舞拉开帷幕，接下来就是大家在赛跑中出尽洋相。他们常说，一个人只要在某天出过洋相，接下来都会过得轻松愉快，至少大部分时候能轻松愉快。在舞蹈和赛跑之后、晚宴开场之前，会有一个男人脱光衣服，独自跳进河里，从村子底下游过去，游到河的另一侧，确保河水没有冲垮基石，整座村子不会被水冲走。那人浮出水面后，有时脸被刮花了，有时脸皮被扯掉了。

每一年，沿着断崖攀上老爷大宅的爬山虎都会死去。秋风会把它们扯得丝毫不剩，每家院子里都散落着猩红的落叶。他们说，这是老爷留给我们的唯一的东西，除了他年轻时有过的孩子——不过现在已经没了。他们会哈哈大笑，抬头望向大宅的窗户。所有叶子都落下后，我们这些男孩会捡起它们，并装进篮子，等把它们晾干后，全都堆在广场上。在焚烧这些落叶的时候，我们会抬头张望，因为老爷会从狭长的窗户里探出头来，这时我们就会冲他吐舌头、扮鬼脸。他一动不动，像一尊石雕。等青烟散去后，他会关上窗户，直到来年。

老爷的宅邸如鹰巢般矗立在山巅。那座山并不大，看起来像被巨斧劈成了两半。没人去过山的另一边。村子建在河上，每当冰雪融化时，大家都担心村子会被河水冲走。这就是为什么每年都会有一个人跳进水里，从村子底下游过去，再从下游浮出水面。有时那人会死去；有时那人会毁容，因为当湍急的河水裹挟着他，使他撞上支撑村子的基石时，他的脸皮会被扯掉。

三

夜晚，你能听见从床底传来的叹息。那是河水发出的声响,仿佛大地在卷走一切时发出长叹,仿佛一切都将顺水而逝。然而并没有。村子还在,只有河水悄然流逝。河水刚涌出地面的时候相当平静,但很快就变成了滚滚怒涛,仿佛因为被关在黑暗中太久而惊慌失措。我会听着水声渐渐睡去。在入睡之前,或是睡不着的时候,我常常回想往事。我会想起我妈,虽然我并不想记起她。她腰板挺直,身材消瘦,眼中布满红血丝。她会揍孩子,还喜欢毁掉别人的新婚之夜。在新婚夫妇的新婚之夜,她会站在他们的窗外,像狗一样号叫,一直叫到次日第一缕晨光浮现。没人在乎我妈的号叫,因为她说,她妈妈的妈妈也是这么做的,她家族里的每个女人都是这么做的。只要新婚夫妇一关上门,她就会像闪电一般冲过去,咧开歪嘴开始号叫。在我妈过世并下葬后,又过了一段时间,在我爸和我后妈同床共枕的头一晚,我——也只有我——听见她在我爸窗下号叫,一直叫到次日第一缕晨光浮现。

我后妈的一条胳膊比另一条短得多。我在入睡前会想起后妈的那条短胳膊,还有碗柜门上镂空的星星。他们去葬礼上跳舞大笑的时候,总把我锁进那个碗柜。我会想起猩红的石粉和灵魂汇成的云朵,还有马拉迪纳山上秋天盛开的紫红色石楠花。我会想起,我们爬出山洞的时候,麻袋撞上井壁砰砰作响。我爸下地干活的时候,村里的老人,也就是屠宰场里的那些人,会到我家来。他们手里都拎着东西。后妈会对我说:"给你爸帮忙去。"我就乖乖去了。但当我回头望去,周围的紫藤根似乎都在把屋子往上顶。我向前走去,一路上踢着泥巴,时不时停下,朝蜥蜴扔石头,吓得它断尾逃跑。然后,我会一直看着那条尾巴拼命挣扎,孤独又绝望,直到实在看不下去。

我刚爬上岸,就被漫天飞舞的硫黄粉①吸引了。河里一角漂着一小片硫黄粉。骄阳似火,映得周围的蓝天都不那么蓝了。狗尾巴草上方腾起了薄雾。在把那棵草种回土里后,我又想起了老爷的大宅。我能看见宅子的侧面,没有窗户的那一侧,上面有个尖顶。我眼前浮现出了老爷的模样:他边咳嗽边喝蜂蜜,等着河水把村子冲走。断崖高处的爬山虎绿油油的,时不时会有两个人手持芦竹竿,抽打想爬上宅子的藤蔓。破碎的绿叶会从断崖上落下来,爬山虎的嫩叶和"小手"被连根拔起,纷纷飘落,落在村里的屋顶上和院子里。爬山虎必须时常修剪,不然会吞掉整面墙。每当有人用芦竹

---

① 硫黄粉,主要用于花草、林木、果树,具有灭菌防腐、调节酸碱度、防治病虫害等作用,还可为植株供给养料,促进植物生长发育。

竿狠狠抽打墙壁，让零星的碎叶飘落下来时，老爷就会双手搭在窗台上，趴在窗口往下看。

四

我决定去散个步，穿过柔软的草地，走上山坡。在山坡尽头的灌木丛后面，有一片苗圃。那里的小树苗枝干柔嫩，还没长出叶子，但等它们被移进森林，长高长大以后，每棵树里都会装上死者。我从树苗中间走过，此情此景恍若梦境。我在森林入口处停下脚步，站在阳光与阴影的分界处，看见了蝴蝶汇成的一朵云。森林里的树极其高大，枝繁叶茂，每片叶子都五角尖尖。就像铁匠常常告诉我的那样，每棵树脚下都挂着一块铭牌和一枚铁环。成千上万只蝴蝶，全是白色的，都在焦躁地飞来飞去。其中许多看起来像半开的花朵，白色中隐约透出背后的绿荫。绿叶摇曳不定，阳光在叶隙间闪烁。透过树叶的缝隙，能看见斑驳的蓝天。地上铺满了干枯的落叶，底下散发出腐臭味。我捡起一片叶子，它只剩下叶脉组成的一张网，就像屋子的柱子和房梁，可是没有东西把它们连起来。我躺在一棵树下，透过叶脉之网望去，欣赏蝴蝶汇成的那朵白云在绿叶间舞动，直到看累了才将这片叶子放下来。刚放下叶子,我就听见了脚步声。

我一跃而起,躲到了一株灌木后面。脚步声越来越近。灌木上有一朵小黄花,将开未开的样子,五片花瓣闪耀着七彩光芒。那只蜜蜂就躲在花里,正在撑腿上沾的硫黄粉。我确信它就是那只跟着我过河的蜜蜂,它是从村里一路追着我飞过来的。

脚步声停了下来,周围一片寂静。我侧耳倾听,觉得听见了呼吸声。听着听着,我突然觉得胸口发闷。那是一种不安的感觉,就像被锁在碗柜里好几个钟头,村里人影全无,我只能傻等。现在,我也有同样的感觉。什么都没变:绿叶一如既往,大树和蝴蝶也一样,藏在树影里的时间宛如停滞了。但一切都变了。

我听见脚步声再度响起,这次离得更近了,从树叶的缝隙间能看见一道炫目的反光。大步走来的男人肩扛利斧,手持干草叉,打着赤膊,前额疤痕交错。他被奔腾的河水毁了容,闭不上眼睛,因为额头的皮肤一直没长好。那块皮肤通红发亮,伤口萎缩紧绷,导致眼睛只能勉强睁开一条缝。他的胸毛黑乎乎的,浑身上下晒得黝黑。

蜜蜂似乎睡着了,小黄花也是。直到一阵风吹来,花儿随风摇摆,蜜蜂才从花蕊里钻了出来,掠过我的脸颊。但在花儿刚停止摇摆时，蜜蜂就又钻了进去。男人把斧头和干草叉搁在一棵树下，用手背擦了擦嘴，然后看了看四周，像是不知该怎么做。我担心他瞧见我了，因为他的目光停在了灌木上。幸好他没瞧见。他开始在大树间走来走去，念出挂在铁环上的铭牌上的名字，不小心绊到树根，差点儿摔倒。随后，他朝森林深处走去。等他走出视线范围，我才深深出了一口气，因为压在胸口的不安害得我一直没法喘气。一团团云朵从空中缓缓飘过，我真希望能控制它们，把它们送到我想去的地方。几小朵云在森林正上方停下，逗留了许久，似乎不想离开。当云朵开始移动时，那个男人又回来了，开始用斧头在树干上划十字。他先拿石头做了标记，然后动作机械地从上划到下，从左划到右。过了一会儿，他跪倒在地，放声痛哭。我屏住了呼吸。他边哭边站起身来，往手心里吐了口唾沫，然后搓了搓双手。蜜蜂在花间嗡嗡直叫，飞进飞出。斧刃劈进树干，十字的竖线便开始浮现。第一斧刚劈下，蝴蝶就像疯了一样四散开来，其中两只飞到了草地上，而后落在砍树男人的腿上。蜜蜂还在采蜜。男人歇了片刻，又往掌心吐了口唾沫。他把斧头夹在胳肢窝底下，边搓手边抬起头来，似乎被飞舞的蝴蝶迷住了。等重新开始干活时，他看起来越发疲惫，仿佛每一斧都承载着生命的重量。

又过了很久,男人才开始砍十字的一横,一斧接着一斧。落在他腿上的两只蝴蝶靠得很近,翅膀紧紧收拢,看起来就像只有一只。男人汗流浃背,就连肋下也大汗淋漓,汗水闪闪发亮。他真是瘦极了。我好想走过去,跟他说说话。我想告诉他,在挥锤打铁的间歇,在炉膛和飞溅的火花旁边,铁匠有时会跟我聊天,聊起森林和树里的死者。

铁匠家在村口,屋边有两棵紫藤树,大门左、右各一棵。它们蜿蜒而上,盘虬的枝杈遮蔽了屋顶。当炉膛里火花飞溅的时候,铁匠告诉我:"你也有你的树、你的铁环和你的铭牌。你刚一出生我就打好了。只要一有人出生,我就会给他们打好铁环和铭牌。别告诉别人我跟你说了什么。我们每个人都有自己的铁环、铭牌和大树。"

干草叉和斧头立在森林入口处。

五

我好想告诉他,有两只蝴蝶落在他腿上。可我却僵在灌木后面一动不动,紧紧闭上眼睛,这样就看不见了,同时也努力不去想。过了好一会儿,等到再也听不见斧声,我才睁开眼睛。男人砍完了十字的一横,正拿干草叉当撬棍,撬动劈开的树皮。树皮撬起来很费劲。将树皮与树干分开后，他扳住树皮一角，使劲朝上掀开，再翻折过去。接着，他拿斧子的另一头当锤子，用大钉子把掀起的树皮一角钉在树干上。他沿着十字斧痕，将树皮顺着四个角一片接一片掀起来钉牢，上面钉两颗钉子，下面再钉两颗。现在，树干看起来就像一匹剥了皮的马。那棵树有一人高、一人粗，我看见了树里的种荚。在林间绿幽幽的光线下，它看起来有点儿泛绿，跟苗圃里的小树苗颜色相同。男人用干草叉捅向种荚，直到它滚到地上。树干的空腔里冒出了一股白烟。男人放下干草叉，抹了抹脖子上的汗水，把种荚滚到另一棵树下。有几片树叶粘在了上面。他跪倒在地，垂下头，五指张开按在膝盖上，一动不动。随后，他一屁股坐在了地上，望着太阳落山的方向，看蝴蝶飞舞。

低垂树枝上的很多叶子被啃得残缺不全，其余的叶子上也布满窟窿。在为化蝶做准备的时候，毛毛虫一直在啃树叶。男人抬起头来，眼睛没法完全合上。起风了。他转过身，托起铭牌，盯着它看，就像从来没见过似的。他用一根手指抚摩着它，描摹一个个字母。最后，他站起身来，扛起干草叉和斧头，朝森林入口处走去，肩头的斧刃不时闪耀光芒。回来的时候，他已是两手空空。一切仿佛又要重演：蜜蜂飞了回来，钻进了花蕊，男人又走到了树下。他一边哭泣，一边倒退着钻进了树里。刚才他滚动种荚的时候，两只蝴蝶从他裤脚里挣脱了出来，如今在草叶上空盘旋。它们随他一起钻到了树里，但在树葬完成前飞了出来，在大树的节疤上停留了片刻，然后飞向柔软有弹性的种荚，在上面歇了下来。我刚才扭过了头，等回头再看的时候，只看见树上的十字划痕和落在地上的四颗钉子。蜜蜂在我眼前疯狂地嗡嗡叫，就像一只黄黑条纹的小袋子，小得可怜。

我站起身来，揉了揉眼睛，揉掉钻进眼睛的硫黄粉，走到树下。周围万籁俱寂，比灌木旁还要安静。一切都如此平静：蝴蝶振翅而飞，毛毛虫向死而生，树胶从十字划痕周围冒了出来，使大树的伤口渐渐愈合。

我被吓坏了，被汩汩冒泡的树胶吓坏了，被遮天蔽日的树冠吓坏了，被那么多不停振翅的白蝴蝶吓坏了。我吓跑了。我先是慢慢后退，接着就狂奔起来，仿佛那个男人挥舞着干草叉和斧头在后面紧追不舍。我在河边停下脚步，用双手捂住耳朵，这样就听不见那寂静之声了。过河的时候，我又钻到了水下，因为那只蜜蜂还跟着我。如果可以的话，我一定会弄死它。我希望它在狗尾巴草丛里迷路，孤零零地面对在那里等待它的蜘蛛。我把被毛毛虫啃过的树叶味甩在了身后，重新与紫藤花香与粪便的恶臭相逢。这就是春之死。

我扑倒在岸边，倒在鹅卵石上，痛苦心碎，双手冰凉。那年我十四岁，钻进树里等死的人是我爸。

六

我经过马厩，抄了近路，径直穿过养马的围栏。很快，我就听见了打铁声。在最后一缕夕阳余晖下，村子似乎笼罩着丁香色的轻烟。蜜蜂随处可见。我瞄了一眼屠宰场的钟楼，上面的大钟没有指针；又看了看那些错落有致的房屋，有些仍旧屹立不倒，许多则已然倾颓，因为上面爬满了紫藤和茉莉。只要一走出村子，水声就会响亮许多。

铁匠五短身材，肩宽体壮，瘸了一条腿。我喜欢看他打铁：大锤敲击铁砧，炉膛里火花四溅，铁块犹如活物，入水后吱吱作响。我从小就喜欢这些玩意儿。第一次看见铁匠打铁环、铁锥、铭牌那天，我就深深地爱上了这些。给村民打的铭牌上只刻着他们的名字，但在老爷家逝者的名字上方，还刻着一只蜜蜂正飞进鸟嘴的图案。他们常说，老爷是他那类人里的最后一个。说完，他们便哈哈大笑。

夏天的晌午，当人人都热得呼吸不畅，树荫绿得泛蓝，村里回荡着大锤敲击铁砧的声响时,铁匠会对我说:"你瞧见了吗?这是刻了名字的铭牌。你瞧见了吗?这是铁环。别告诉别人我跟你说了什么。你刚一出生,我就给你打了铁环和铭牌。我们跟你爸一起去把它们钉在了你的树上……"他跟我说起了亡者森林。他告诉我,在长成男子汉之前,他从来没去过那里。

铁匠一看见我站在门口,就停下了手里的活儿。他发丝纠结,眉毛浓密,手掌宽大,手指粗胖,指甲剪得很短,一滴汗顺着脸颊流下。我走到他跟前,把我看见的情景一五一十地告诉了他。他一句话都没说,只顾把头埋进用来冷却铁块的水桶,然后披上一件衬衫,不等将扣子完全扣好,就急急忙忙走出了门。我站在门口,上下牙直打架。铁匠时而冲进某间屋子,时而冲出来。几个惊恐的妇人在大声呼唤孩子。铁匠的老婆走了出来,一把推开我,然后跟其他妇人一起离开了。很快,在我目之所及的那段街道上,男人们都在奔跑,就像后面有人追似的。有个在屠宰场干活的老人,胳膊别扭地垂在身体两侧,像所有从屠宰场来的老人一样面色苍白。他从我身边经过时问我发生了什么事。我还没来得及回答,就有人插话说,大家都去广场了。我一直盯着街对面的那堵墙,它是用石块砌成的,石缝里长满青苔。那堵墙非常古老，或灰或黄的石头早已磨损。每当墙头的草长得太密，铁匠就会踩着箱子，拔掉那些杂草。那天，我看见墙上刻着一个潦草的人形：两条腿刻在黄石头上，像在游泳，僵硬的上半身则刻在一条窄窄的灰石头上，胳膊向上举起，有一半已经消失不见。它没有脸。我开始寻找它的脸，过了一会儿，突然听见有人走近。铁匠领着一群男人走了过来。刚才问"发生了什么事"的屠宰场老人走在铁匠身边，嘴里说个不停。他们身后跟着许多年轻人，其中一个又高又瘦的小伙子大喊说，不知泥水匠有没有得到通知，因为附近哪里都找不见他。小伙子主动提出去通知泥水匠，帮他拿砂浆槽和抹子。每个人都举着火把。女人们从我身边经过，走在两个老妇人中间的是铁匠的老婆，她脸上有块紫色胎记，仿佛对什么都不屑一顾。那队人从墙边大步走过，经过我身旁。孕妇们跟在大家后面，走在队伍最后，高昂着头，手拉着手。

等到那队人消失不见，我就钻进了最近的屋子。屋门大敞着，院子里落满了紫藤花，蜜蜂已不再嗡嗡叫。我走进厨房，走到碗柜上的星星旁边，看见里面有一双悲伤的眼睛，活像牲口的眼睛，正在打量我。我走回到大街上，只见村里死气沉沉，就像礼拜天下午大家去看囚犯的时候一样。唯一的声响是从河边传来的。我朝那条人人都走过的路走去：那段笔直的路，两旁长满一吹就会四处飘散的蒲公英；那段经常能看见蜥蜴的路，它们断掉的尾巴会重新长出来；山坡后面的那段路，夏天尘土飞扬，冬天则泥泞不堪。我走到木桥上，在桥上停下脚步，望向桥下的水面。水里映出了天空，但那不完全是夜空。我着迷地盯着水中的夜空，压根儿没意识到那轮明月，直到一朵云飘过来遮住了它。

过了木桥，就是一段下坡路。我小的时候，这段路会拽着我往前走，仿佛我突然变成了空壳。断崖很吓人，会让你止步不前；山坡却无声无息，将你突然带走。在山坡上，人与影子相遇，不再分离。他们建起了村子。那个男人，在影子的陪伴下，种下了第一棵紫藤。但事情并不完全是这样。在很久很久以前，那时村里最老的人还年轻，他见证了一切的诞生。村子是在可怕的地震中诞生的。大山裂成两半，巨石滚进河流，溅起的河水冲过田野。大河想把所有的水汇到一处再向前奔流，于是河流在隆起的大山底下钻洞，一点一点将它掏空。河水一刻不停地奔流，直到所有的水再度快乐地汇到一处，尽管在撞上洞顶的时候还是会怒气冲冲。他们说，有一天晚上，不是在山坡底下，而是在地面上，在从崖上滚落的岩石上，月光映出了两个口唇相连的影子，接着便下起了血雨。那是一切的起始。

暴风雨随之降临。电闪雷鸣，大雨下了一整夜。

七

我将木桥和山坡甩在身后，开始撒腿狂奔，一直跑到森林入口才停下脚步，喘得上气不接下气。森林里安静极了，仿佛所有声音都被吞噬。我沿着成排的大树走到苗圃边，从之前走过的地方钻进森林。村里人将那棵大树团团围住，树皮上的划痕还在汩汩冒泡，勾勒出十字的轮廓。闪烁的火光将低垂的树叶映成了怪异的绿色。蝴蝶肯定是睡着了，因为在高处的树梢上看不见它们的身影。

铁匠拨开人群走了出来，走到那棵大树旁。我后妈刚才肯定是去取斧头了，因为这会儿她把斧子递给了铁匠。铁匠粗短的胳膊在空中晃动了几下，然后冲着十字的那一竖直劈下去。大家都屏住了呼吸。有个女人张开双臂，开始像牲口一样尖叫，但立刻被人拖去了河边。一到河边，她就安静了下来。在我身边火把光线微弱的地方，站着个男人。我不认得他，也没见过他。他扭过头看我，我能看见他的眼睛又大又亮。有个拿火把的人挪动了一下，于是我瞥见了近处那个男人的眼睛。拿火把的人跟我隔着一段距离，但火光正好照亮了那个男人的眼睛。他伸手遮住嘴，声音从嘴角冒出，这样就没人能听见他对我说话了。他告诉我，他喜欢看别人死去。说完，他转身去看热闹，我趁机缩回了阴影里。铁匠正准备再度挥斧，一个老人走到他身边，攥住了他的胳膊。老人说，那棵树不该用斧头劈，因为它已经被人破坏过了。况且，要是树里的人还活着，斧头也可能会把他劈死。于是，铁匠让人找来一根大树枝，在几个人的帮助下，从十字划痕中央插进树干，撬出了一个窟窿。他小心翼翼地又是拽又是扯，最后终于撬开了树皮。四个男人分别抓住翘起的树皮一角，怒冲冲地使劲拉扯。铁匠转过身，脸色苍白，疲惫不堪。他宣布这棵树在抵抗，不希望属于它的死者被抢走。我爸似乎在观察这一幕，他的嘴像个窟窿，眼睛呆滞无神，指尖嵌进树干两侧。我不确定我看见的是不是真的……他的头发被大树无色的血液拽向上方。揳进树干的树枝刺穿了他的肚皮，反倒将他向后推去。

男人们开始大喊，冲我爸大吼大叫。虽然他暂时还活着，但已是气息奄奄，出气多进气少，随时可能断气。他们把他从树里拽出来，扔在地上，对他拳打脚踢。打到最后几下，我爸已经声息全无。"可别弄死了，灌完了再说。"泥水匠大喊。他脚下搁着砂浆槽，里面装满了玫瑰色的水泥。他们撬开了我爸的嘴，泥水匠开始往里面灌水泥。先是比较稀的，好让它们滑进肚子深处，再是比较稠的。灌满水泥以后，他们扶我爸站起来，把他塞回树里，将十字划痕恢复原样，然后回去准备葬礼。

我一个人留了下来。没了火把照明，几乎看不见那棵树。我走到大树前面，把耳朵贴在树皮上，里面似乎空无一物。我想借星光照个亮，便抬起了头。朝上看的时候，我感觉到自己与生命的联系被切断了。我觉得自己跟一切脱了节，便开始寻找属于我的树。夜晚像一只大手，将我从我爸的树边拽开，引向我自己的树。我双膝跪地，从一棵树爬向另一棵，用手指摸索生者和死者的名字。我能闻出被踩碎的落叶和被踏烂的小草。当我托起某块铭牌时，铁环会发出刺耳的声响，仿佛在撕扯某些深藏在地底、将草叶和树叶顶起的东西。一缕月光帮我找到了我的树，它就在我爸的树的正前方，铭牌已锈迹斑斑。我离开人世后会被封在那棵树里，嘴里灌满掺有猩红石粉的水泥，整个灵魂都被封在里面。因为铁匠说过，人吐出最后一口气以后，灵魂就会在不知不觉中逃走，没人知道它去了哪里。

村子里人迹全无，只有地下暗河的悲鸣传入我耳中。头顶的紫藤上不时有花飘落，掠过我的脸颊。此时此刻，紫藤根在努力将屋子顶得拱起。每当墙上出现裂缝，我们就会拿水泥将它填平，屋子就又变得安全了。我跟在村民后面，似乎又没跟着他们，耳畔仍然回响着森林里那个男人的声音。我钻进了许多屋子的厨房，有许多双眼睛在碗柜的星星后面等待，就像我自己在等着被人解放的时候一样。我打开了所有碗柜的柜门，昏昏欲睡的孩子们跌跌撞撞地走了出来。随后，我走进了铁匠家，伸手拍了拍铁砧，然后往里屋走去。铁匠的儿子骨瘦如柴，总是躺在床上。我走到床边，盯着他看，又伸手摸了摸他，可他一动不动。接着，我朝自己家走去，爬上二楼。从那里能看见马厩另一侧的火光，办葬礼的河滨空地上的火光。我想过去瞧热闹，反正也没人在家。我离开的时候，伸手拂过窗台，发现窗前的花盆不见了。我后妈经常在窗台上搁一盆花，有时是白花，有时是红花，但那天没有。我后妈不在家。她才十六岁。

马在品尝最多汁的青草，吞咽最清甜的苜蓿，咀嚼最扁平的角豆。他们都说，马肉能补血。我们便换着花样吃：通常是生吃（剁碎后拌上香料），冬天会烤得吱吱滴油，有时候会架在篝火上煮——通常是在葬礼上。肥肉被灌成圆球，挂在厨房或饭厅的天花板上。在河水湍急的洗涮区，可以拿肥肉球搓出肥皂泡。有些泡泡会在院子里的假山上挂一整个春天，有些甚至会再挂上半个夏天，因为它们已经变成了玻璃。孩子们用芦竹管吹出的肥皂泡总是一下子就爆掉，没人能解释为什么有些泡泡能坚持很久，有些却不行。如果某个泡泡变成了玻璃，我们就会小心翼翼地把它搁在紫藤枝杈上。我们家永远不缺肥皂泡和肥肉球。每周有两三次，我后妈会对我爸说："去地里干活吧，我在等肥肉来。"我爸会说："好的。"我也会说："好的。"不过，我声音很轻，他们根本听不见，因为他们俩并肩走在前面，我则一个人远远落在后面。然后，我后妈就会把花盆搁在窗台上。当天晚上，天花板上就会挂起一颗肥肉球。

我后妈个头矮小，不得不踩着木箱，才能把花盆搁到窗台上。等他们给她带肥肉过来的时候，她会把床拖到屋子中央，也就是她通常睡觉的地方，然后爬上床。床上横搭着一条土黄色的毯子。要是我和我爸在家，她就会坐在椅子上，双腿蜷起压在身下，脑袋靠在椅背上。在我和我爸收拾厨房的时候，她通常都这么坐着。有时候，她会坐在椅子上，用芦竹竿轻轻拨弄挂在天花板上的肥肉球。我爸常说，她只想着玩。有时候，他会装上一篮紫藤花，对她说："玩吧。"她会说她在干活,因为她会用针线穿紫藤花,把所有花穿成一串,做成项链。有些晚上,她不想睡觉,因为她已经睡了一整天。既然白天一直在睡,晚上当然睡不着。我会悄悄溜下楼去看她。我发现,她之所以不想睡觉,是因为想吃肥肉,但不想被人瞧见。

我睡在楼上,要是把身子探出窗外,就能看见头顶的一小片天空;躺在床上,也能看见断崖上的爬山虎。有时候,尤其是在下雪的冬夜,我躺在床上睡不着,就会幻想把老爷从山顶上拽下来,或者帮紫藤根顶翻大宅,或者去马拉迪纳山上从来没人去过的地方遛马。我会闭着眼睛幻想,直到渐渐进入梦乡。当人人都闭上眼睛休息的时候,我最后听见的是河水冲击支撑村子的基石的声响。

我想去看葬礼,于是就去了。村民们聚在河边,就在芦竹丛旁边的那片空地上。起风了,芦竹沙沙作响。桌子和长椅都是用树干做的。马蹄汤在大锅里翻腾,每口锅边都站着一个女人,她们拿大勺捞起浮沫,舀出肥膘和血块撒在地上。为了办葬礼,他们宰了不少公马和怀孕的母马。他们先喝汤,再吃肉,然后吃母马肚里的胎儿——不过每个人只吃一小口,因为总共也没多少可分的。他们把马脑做成肉酱,这种酱有助消化。他们剥出马脑，放到专门来煮马脑的锅里煮，然后洗干净，剁成末。

只要吃上一勺马脑肉酱，你就会有饱腹感。酱里掺了蜂蜜，因而口感顺滑，会像油一样滑进肚子，让你觉得神清气爽。可要是吃下超过一勺，你就会疯掉。他们会说："一勺就够了。"这种酱能给他们补充体力，让他们有力气养马、割苜蓿，以及一路跋涉去角豆树那边采豆子。他们常说，那些角豆树见证了村子的诞生，见证了两个口唇相连的影子，见证了第一匹马的出现。那匹马就像一团火焰，形单影只，边放声嘶鸣边从河里钻了出来。他们常说，要是那些角豆树会说话就好了……

我一动不动地站在芦竹丛后面，看他们给马开膛破肚。他们绑起马的四条腿，把宰好的马挂在晾衣绳上。你能看见马肚里的空腔，在火光的映照下闪闪发亮。铁匠的老婆身材矮小，长相丑陋，脸颊上有块紫色胎记，正跟两个陪她去亡者森林的女人一起剥马脑。突然，她跳了起来，叫大家安静。她说，她听见了囚犯发出的嘶鸣。

八

在火光的映照下，男男女女看起来都差不多。白天，大家的模样各不相同：有高有矮，有胖有瘦，有的头发多，有的鼻子大，有的鼻子长，眼睛颜色也不一样。但在火光下，每个人看起来都很像。每天正午时分，在大家平静而忙碌的时候，只有父子俩看起来相像。有些儿子长得跟老爸一模一样，有些却跟老爸一点儿都不像。这件事几乎把老爸们逼疯了，不过他们渐渐习惯了。他们说，一切都源于看得太多。在我藏身的芦竹丛附近，有一群浑身脏兮兮、衣衫不整、蒙着眼睛的女人，她们坐在远离火堆的地上。那些人是孕妇。她们被蒙上了眼睛，是因为如果她们盯着其他男人看，肚里的孩子也会偷看，然后他们就会长得像那些男人。他们说，女人见一个爱一个，而且怀孕时间越长，坠入爱河的速度就越快。女人会坠入爱河，加上肚里的孩子会偷看，于是不该发生的事就发生了。

他们给自己的盘子里盛满了汤，像兄弟姐妹一样，坐在桌边的长椅上，直接凑着盘子喝汤。在另一张靠近河边的桌旁，围坐着毁了容的男人们：没有鼻子的，额头变形的，少了耳朵的。虽然他们可以跟大家一起坐在桌边，像其他人一样生活，但他们更希望独处。他们用类似漏斗的东西喝汤，嚼肉的时候一手捂嘴，免得肉块漏出来。他们不愿住在村里，宁可自己待着。那些男人一起住在马厩后面的围场里，互相帮衬。一旦某个男人被毁了容，就会跟其他有相同遭遇的男人待在一起，仿佛自己身无长物，而被毁容就意味着失去了曾经拥有的一切。他们开始在夜里干活儿，各式各样的活儿，比如牧马、砍柴、清扫大街。聚在一起的时候，他们会聊起湍急的河水，下河前被灌下的怪味酒水，还有那条大蛇，以及某座隐蔽的地下瀑布，似乎比毛茛泉还要汹涌。按照大人们的说法，那些人总是心平气和的，因为他们近距离感知了真理。过河以后，他们似乎获得了重生，不再拼死拼活，对世事洞若观火。不过，他们的死法跟其他人一样：上一刻还活着，下一刻嘴里就被灌进了水泥，直到填满肚皮。

芦竹在风中飒飒作响。吃饱喝足后，村民们开始欢呼呐喊。他们坐在桌边，呼唤其他桌上的人，彼此交头接耳，哈哈大笑。有助消化的肉酱在桌上传来传去，每个人都吃下一勺。铁匠不想吃，他们就抓住他，把他按在桌上。两个女人使劲拽他的脚，想把他从桌上拽到地下，其中一个是我后妈。孕妇们站起来跳舞，自顾自地旋转，仿佛每个人都是一棵种在地上的植物。她们边跳还边哼歌，一会儿垂下头，一会儿仰起头,再往后一甩头,身子在原地不停旋转,仿佛能那么转上一辈子——在阴影和火光中,没有男人,独自一人,肚皮鼓凸,头发蓬乱。

直到芦竹开始在风中摇摆,我才意识到它们已经很久没飒飒作响了。天空漆黑一片,月亮也消失不见了。第一阵雨点落了下来,稀疏又大颗。要不是他们又吼又叫,我肯定早就听见雨落在河面上的声音了。村民们突然蹦了起来,撒腿就跑,跑去避雨。我后妈也跑了,她是我在火光中看见的最后一个人。周围弥漫着余烬的烟味。雨点砸在熄灭的木炭上,淋湿了炭灰、碎骨和脏兮兮的厨具。一道闪电划过天际,照亮了隐藏在阴影中的一切。突然之间,一切都死了……死了……灌满水泥,立在树里。我爸死了。我觉得我该回去,不能把他留在那里。在倾盆大雨中,我走木桥过了河,在山坡尽头踏上了通往亡者森林的小路。当我走到那棵树边时,雨停了,我能看见乌云正朝森林另一侧飘去。树干上的十字划痕还在汩汩冒泡,大树正在消化。我伸出一根手指摸了摸树脂,眼前浮现出了人们从墙边走过的情景,耳畔响起了那个眼睛闪亮的男人的声音,还有那个被人拖走的女人的尖叫声……但我当时什么都没做。我收集了一些树脂,用指头搓了搓。当树脂开始变干的时候,我把它揉成了一个球,在口袋里揣了很久。铁匠告诉我那些事的那一天,我的手指就紧紧攥着那团树脂。一走出他家,我就把它扔掉了。

我从苗圃边离开了森林,走回森林入口处的木桥。两棵高大的灌木中间悬着一张蜘蛛网,网里困着一只死蜜蜂。我一脚踹破了那张网,用脚尖把它踢到地下,连同蜜蜂和其他东西一起。

第二部分

一

大山背后总有鸟儿飞来。最先飞来的是身披黑羽的悲雀。它们径直飞向马吃草的牧场,呱呱叫个不停,一整天都在空中盘旋。第二天,它们会飞近屋舍,叫声大得吓人。为了觅食捕猎,它们时而展翅高飞,时而疾速俯冲。那些鸟儿尖嘴漆黑,羽毛乌亮,黑眼周围有个白圈。在展翅翱翔的时候,它们尾巴和翅膀上的羽毛会张开,都能数清有多少根。它们会缓缓飞上半空,然后开始急速盘旋,脚爪收在腹部,根本看不见,仿佛错了位。很快,它们就开始在紫藤枝杈上筑巢,就在藤条缠得最密的地方。它们从嫩草底下衔来枯草,用河里长的苔草编织鸟巢。筑好巢以后,它们会飞回牧场，站在马背上，用尖嘴慢慢梳理浓密的马毛。马很喜欢悲雀，因为它们站着一动不动，连大气也不敢喘。它们会跟马一起生活整整两周。如果有人想靠近马，悲雀就会用尖嘴啄他们，马则会低下头，用右前蹄刨地。两周过后，悲雀会飞回巢里，然后发现里面全是蜜蜂，这些蜜蜂喝饱了紫藤花蜜，长得胖乎乎的。它们会迅速吃掉蜜蜂，产下三枚蛋，然后孵上好几天。这个时候，白鸟来了。没伴的白鸟眼睛鲜红，尾羽短而宽。白鸟俯冲下来的时候，黑鸟会先仔细观察，然后在它们飞进鸟巢前发起猛攻。不过，黑鸟很快就会疲惫不堪，白鸟则会钻到它们肚皮底下，占领鸟巢，蹲在蛋上，直到孵出雏鸟。等到孵完蛋，许多白鸟身上已是血迹斑斑。要是白鸟没能迅速占领鸟巢，黑鸟就会把鸟蛋压碎；要是雏鸟已经孵出来了，黑鸟就会把它们啄死。在黑鸟产下的三枚蛋里，总有一枚会孵出白鸟。没人知道这是怎么回事。

黑鸟在被赶出鸟巢后，会在水面上漫无目的地飞来飞去，在芦竹丛间穿行，直到雏鸟学会飞翔。然后，它们会飞回村子，杀掉所有白鸟。这种事通常发生在晚上，那一晚我们几乎都睡不了觉。第二天早上起床后，我们会捡起死鸟，往每扇门上钉一只，其余的扔进河里。刚出壳的白色雏鸟会逃走。没人听见它们的叫声，也没人看见它们飞走，它们仿佛变成了叶子，在爬山虎里安了家。有一次，我发现了一只白鸟，把它藏在了灌木丛里。几天后我回去看，发现它变成了一堆蛆，摸起来粘手。

悲雀会留在村里，直到夏末。当万物都变得金黄的时候，它们会沿着河边飞向沼泽。其中有些会徘徊不去，在下游乱石滩那边的屠宰场钟楼上逗留四五天，飞去又飞回。等到黑鸟全都飞走，一只都不剩了，大人们才准许我们拆开鸟巢。我们会观察鸟巢是怎么造的，还会收集夹在巢里的羽毛。

我后妈有个小盒子，里面装满了白羽毛；还有另一个盒子，里面装满了黑羽毛。有时候，我们在院子里吹泡泡吹累了，她就会爬上桌子，伸出短小的胳膊，取下那盒黑羽毛。她会用另一只手，那只跟大多数人一样的手，拈出一根又一根羽毛，让它们从高处飘落，代表黑色的悲雀来了。我会把它们捡起来，堆在桌上。接着，她会掏出另一只盒子，大喊："白鸟来了。"白羽毛会纷纷飘落，一圈一圈地打转，下落的速度比黑羽毛慢一些。村民们常说，我后妈脑子有点儿不好使，可我不觉得。初秋时节，鸟儿全都飞走以后，我们就会玩羽毛。在繁花落尽的紫藤下，院子里还有些奇怪的花在盛放。那些不知该何时绽放的花儿，藏在绿叶丛中，颜色淡得几乎看不出来。有时微风拂过，它们才会显露片刻，仿佛不好意思露面似的。

二

后妈个子比我矮，头顶刚过我肩膀。她留着一头乌黑的直发，眼睛隐约泛绿，眼角有长长的细纹，额头两侧和嘴角周围也有类似的纹路，活像个小老太太。在不得不把花盆搁上窗台、摆在窗帘前面的日子里，她总是焦躁不安，那些纹路便会变暗加深。

在我俩坐在屋前的台阶上时，我喜欢盯着她的脚指甲瞧：它们排列得整整齐齐，像玻璃一样亮晶晶的。有时候，它们会被阳光染成七彩颜色，映出雨后山间的彩虹。她的头发也会被映成彩色，只不过稍微低调一些，没有那么五彩斑斓。此外被映成彩色的，还有她那口小白牙。在心情好的时候，她会缩在屋子的角落里，不时发出号叫般的笑声。我偶尔能瞥见她的上颚，还有她那细长如蜥蜴舌头般的舌头。如蜥蜴胳膊似的小胳膊，如蜥蜴舌头似的小舌头。她总是穿直筒裙，裙摆拖地。冬天，她总是觉得冷，手脚会冻得发紫，还直喊疼。她要花很长时间才能走到窗前，把花盆搁上窗台，因为脚疼得几乎走不动路。

她爱吃甜食，会拿闻起来甜滋滋的香草擦手，然后掬起泉水喝。我也试过，但水喝起来没什么不同。有一天，我发现她在吃蜜蜂。她见我在看，就把它吐了出来，说是蜜蜂飞到了她嘴里。但我知道，她吃蜜蜂。她会选那些紫藤花蜜喝得最多的蜜蜂，让它们在嘴里活蹦乱跳，先玩上一会儿，再一口吞下去。有一天，在我们沿石子路散步的时候，我吓得一只蜥蜴断了尾，她气得冲我扔了块石头。那只蜥蜴被吓呆了。她捡起蜥蜴尾巴，想帮它接回去，可是没成功。于是，她一声不吭地放下蜥蜴，推了它一把，让它趁尾巴挣扎死去时赶紧逃跑。

大家对她爸知之甚少，她妈是上吊自杀的。屠宰场的老人收留了她，但她长大一些后，就开始像影子一样黏着我爸。最后，我爸把她带回了家。她会趴在桌上睡着，我爸就伸出双臂把她抱起来，抱上床。有些晚上，我想事情想得睡不着，就溜下楼去听他们睡觉。我会紧贴墙壁，偷偷下楼，因为有一级台阶踩上去会嘎吱响。我会站在他们卧室门前，想象她不是跟我爸一起睡，而是一个人睡。我怕她会噎到，被含在嘴里的蜜蜂噎到。那只蜜蜂就藏在她的脸颊和牙龈之间，也许先会在嘴里飞来飞去，等她睡着再一鼓作气逃去院子。她特别爱吃马的肥膘。她会踩上桌子，摘下别人带给她的肥肉球，一点一点把中间掏空。等到我爸想吃的时候，总会发现里面空了一半。要是我爸骂她，她就跑到角落里，发出那种奇怪的笑声。不过，他们俩总是肩并肩散步，让我一个人落单。

她不会游泳。村里所有的男孩女孩都会游泳，可她不会，因为她的胳膊一长一短。她会坐在岸边，凝视着河水，有时把脚伸到水里，踢起水花，让水溅到自己的脸颊和衣服上。等到全身都湿透了，她就用两只手搓搓脸，然后更加用力地踢水花。有一天，她想下到河里，走到靠近芦竹丛的地方，那里水不那么深。午后的光线绚丽灿烂，对岸的一切似乎在微微颤动。她想再往前走走，但河水已经过了腰。就在这时，她不小心滑倒了。我不知道她是怎么办到的，但她用那只小短胳膊抓住了我的脚踝。我把她托出水面，她吓得嘴唇惨白。我们上岸后，水从她的裙边滴落。她朝家走去，我则站在岸边目送她，直到她变成屋前的小黑点。

我又跳回了河里。包裹我双腿的河水似乎依然拥抱着她，我们曾一起待在这水里。乌黑的悲雀掠过蓝紫色的河面，飞到树荫底下，寻找蚊子和嫩叶。夜幕降临了。突然之间，我找不到回村的路了，不知该怎么从下游乱石滩走到屠宰场，再从屠宰场走到木桥。木桥下的河水中繁星点点，还倒映着片片碎月。

三

白花和红花是同一种花，唯一的差别在于颜色。五片小花瓣，底下是五片大花瓣，还有几根黄色的小细棍，从花蕊的小圆盘里钻出来。它们一年四季都开花。旧的一朵刚谢，新的一朵就立刻从底下钻了出来：死亡将新生推到台前，四季轮回，永无止歇。全村只有我后妈有这种花，我们都不知道她是从哪里找来的。来我们家的头一天，她就把那两盆花搁在了桌上。我爸还帮她拎来了一包衣服。那包衣服和那两盆花就是她的全部家当。

在我俩单独相处的第一天晚上，我坐在她卧室门外的地板上。门里只有她一个人，我觉得我能听见她睡觉的声音。我想象她的被子掉到了地上，就像我盖的毯子从床上滑落，我却懒得爬起来把它拽回去。我脑子里想着这件事，不知不觉就睡着了。醒过来的时候，我觉得有人在盯着我看。有人俯身正对着我的脸，像幽灵一样，两只眼睛盯着我瞧，两只兔子似的眼睛，又小又圆。她发现我在看她，就走开了，回到了她的角落里。每次我爸骂她，她就会缩回那个角落。

要不是我叫她跟我一起坐在桌边，她会一直待在那个角落里。她走过来，坐了下来。我告诉她，她的头发乱了。她哈哈大笑。她笑起来的时候，显得格外娇小。于是，我帮她梳头，给她编了四根辫子——两根在前，两根在后，就像大地的四角。我往她腰间系了一根绳子，裙子马上就变短了，不再拖地了。等她打扮停当，我们就走进院子，摘紫藤花穿项链。在那之后，我们躺在地上，看紫藤根从土里拱出，顶起屋子。我们挖出了最粗的那条紫藤根，紫藤根越往下颜色越白，跟附在上面的小虫一样白。

我本想陪她待上一整天，可到了中午，她就叫我出去，说她还有事要做。她一边对我说话，一边解开辫子，甩开头发。她的黑发披散下来，长可及腰。于是，我就出去了。走出一段距离后，我转身张望，看见窗户开了，她把开白花的花盆搁上窗台，给它浇水。窗帘在风中飘荡。我小的时候，妈妈卸下窗帘去洗，我会偷闻上面的霉味。洗过以后，窗帘会有股肥皂味。

就在那天下午，我发现我爸其实并不是我爸。铁匠告诉我，他才是我爸。当时，我的手指紧紧攥着口袋里的树脂球。他说，他会好好照顾我的。他说，只要看看我的脸，尤其是嘴巴往上，就知道了。他说，他才是我爸，这就是为什么我总爱去找他，就像我妈一样。她每次经过，都会忍不住停下来看看火花，听听铁块入水发出的尖啸。他带我看了打铁铺的一角，地下扔着旧铁片和锈铁链。他告诉我，他们就是在那里造出的我。我盯着他的罗圈腿瞧。他发现了，就告诉我说，我有点儿大众脸。说完，他哈哈大笑，牙上沾满了唾沫。

我小的时候，我妈就像一只蜜蜂，嗡嗡叫着从一处飞到另一处，从厨房到牧场再到河里。她的发辫像夜色一样黑，牙是苦杏仁的颜色。在阳光明媚的日子里，她举起胳膊晾晒衣物，看上去就像晨曦女神。她会毁掉别人的新婚之夜，因为她家族里的女人都是这么做的。她们一个个就像会发出声音的影子，那些影子通过她的嘴在新婚夫妇窗下号叫，一叫就是一整夜。后来，我妈越变越丑，眼神充满悲伤，发辫也失去了光泽。失去光泽的还有她的脸颊、她那修长的胳膊。她的手肘也不再美丽，不再像是蜂蜜做成的了。

四

那年夏天，毛茛泉断流了。屠宰场的老人们在广场上聊起了这事。他们说，这种事以前从来没发生过。河水水位只及往常的一半。在河道拐弯处那边，比树冢还远的地方，有些地方甚至能看见河底的泥沙，哪怕流动的河水也是土黄色的。马会下河打滚一整天。大家都担心村子会塌陷。他们说，干旱比融化的雪水从村子底下流过还要糟。小草、爬山虎和紫藤全变得枯黄，像被烧过一样。院子里到处是死蜜蜂。从下游乱石滩来的白腹灰蛇在角落里爬来爬去，只要找到藏身处就钻进去躲起来。有个尚在哺乳期的妈妈，一天早上起来发现自己两只乳房上各趴着一条蛇。他们用芦竹竿和石头打死了那些蛇。紫山离得很远，但看起来挺近。那些山峦会变色，冬天是灰色的，春天则是蓝色的，我们永远搞不清它们实际是什么颜色。马拉迪纳山则不一样，一年四季都是暗绿色的。在石楠花盛开的时节，山腰会多出一道紫红色的条纹。从河滨空地到下游乱石滩，地面上都满是裂缝。那些裂缝渐渐扩大，构成了一幅无色的蝴蝶图案。夜里热得令人窒息，炙热的阴影落在胸口，似乎想把人压扁。我看见流星从马拉迪纳山的另一侧落下，那是比亡者森林还要远的地方。

有一天晚上,大概是光线最好的那天,夜空明净,明月低悬。那天晚上,我听见了开门声。透过窗户,我看见后妈走上了街头,便下楼去,远远跟着她。每家的房门都关着,窗户都开着,我脚下人行道上的小石子热乎乎的。我觉得窗户后面有人在盯着我瞧,那比屋里沉睡的人还让我难受。树上的叶子没有一片在晃动。出了村子以后,我发现大地比人行道还要温暖。我后妈走路的姿势很怪。当我终于意识到她是在裂缝上行走时,又担心她会掉进去,就像担心狐狸踩上捕兽夹。她停下脚步,我也停了下来。我们看起来如此渺小,因为万物都极其巨大,而且死气沉沉。双腿让我们接近其他人,如果没有双腿,一切都会与世隔绝。我之所以想到这个,是因为恐惧已经钻进了我的双腿。我后妈又开始往前走,朝木桥走去。她走上木桥后,我觉得她看见我了,所以想走上前去。她站在桥中央。一想到她在等我,我的手心就开始冒汗,便在衣服上抹了抹手。我一边走上前去,一边思考以前就想过的事:每个人都是封闭的,但当你走近他们时,他们就会敞开心扉。我出于本能张开了嘴,但又慢慢合上,因为张嘴只会招来恐惧。我不确定她想要什么。我在桥中央停下脚步,俯身凝视水面,不去思考,只是倾听。她也靠在栏杆上。我们在那里站了一会儿,望着桥下静静流淌的河水。干涸的河底散发出腐臭的鱼腥味,那股味道与一道亮光——那是一颗坠落的流星——与她的声音融为一体。她告诉我,她之所以出村,是因为她更喜欢空旷广袤的炙热,而不是墙壁间、屋舍间逼仄的闷热。当她问我是喜欢白天还是晚上时,我的手心又开始冒汗了,便伸手在充当栏杆的树干上抹了抹。这树干摸起来相当粗糙。我告诉她,我也不知道,但在小时候,我虽然怕黑,可还是喜欢晚上多过白天,因为在阳光下看东西看得太清楚,有些丑陋的东西实在太显眼。我告诉她,我离开家是因为看见她出了门,就跟在了她后面。我还告诉她,有个男人从窗户后面偷看我,让我好害怕。她告诉我,恐惧不算什么。她还问我,有没有发现恐惧有两种,一种是真的,一种是假的。她说,她体会过真正的恐惧,对手的恐惧,因为手能抓住她,而我对那个窗前男人的恐惧是假的,因为他在屋里根本伤不到我。她从口袋里掏出一块石头,扔进河里。我问她是不是也发现了河里的臭味,但她说她什么都没闻到。她还说,总有一天我们会去渔人桥,因为村里她最喜欢的东西就是桥。我告诉她,在捕捞季,渔人桥总是浸满了鱼血,光是想到这一点,我就浑身难受。在其他人去看囚犯的时候,我爸常常带我去钓鱼。我告诉她，我觉得那个场面很怪：桥上立着两排人，每根栏杆边都站着一个。只要有鱼咬钩，他们就迅速把钓竿甩上半空，从钩上取下鱼，狠狠摔在地上。有时鱼会被摔晕，有时鱼会弹起来，落回河里。为了不让鱼乱动，他们会用脚跟踩烂鱼头——尽可能慢慢踩，这样血就会从鱼鳃里渗出来，而不会溅到他们身上。在鱼死掉以后，我爸会让我把它扔回水里。在回家的路上，我走在我爸身边，五指张开，不知该怎么办才好，因为手上全是鱼鳞。她说她一直搞不懂为什么大家要钓鱼，一个钟头接一个钟头钉在桥上的栏杆边，只为把死鱼抛回河里。她说这话的时候，我们又开始往前走，中间沉默了一会儿，直到走到桥的另一头。过桥后，我们沿着小路往下跑，来到一边通向亡者森林、一边通往马拉迪纳山的岔路口。她说她想爬山，想下到山洞里。不过，她想先去看看石楠花丛下方的墓地，那里埋着没有灵魂的人：那些孤零零死去的人，或者因事故丧生的人。我说我不想进山洞，最多陪她走到马拉迪纳山脚下的墓地，再远可不去。她拉着我的手，我们一起爬到了长出第一丛石楠花的地方。然后，她又拽着我往前走，让我跟她一起去。我往回抽手，想停下，她便松开我的手，一言不发地往上爬。我叫住她，说我们还没去墓地呢。她转过身来，离我很近，脸被月色映得苍白，白得像紫藤根。她说我们改天再去,她想下井,因为下面凉快。

我开始爬坡,看似没有尽头的小路蜿蜒穿过高大的灌木丛。我看见了后妈的身影,但时不时会被石楠花丛遮住。她抓着嫩枝,以免摔下去。她停下脚步站了一会儿,然后突然消失了。我转过身去欣赏风景:山脚下波光粼粼的河流将黑暗地带一分为二;屠宰场的钟楼居高临下地俯瞰河流,有钟的那一侧在月光下闪闪发亮;马厩那里更加亮堂,其中有两三扇窗户透着光;老爷的大宅在黑夜中只剩剪影。风呼呼地刮着,卷起尘土,恐惧吞噬了我。脚下宁静的村庄令我恐惧,那些屋里全是沉睡的人。我迅速转过身,朝山上走去,又在小路拐弯处瞥见了后妈的身影。我看见她在看我,便平躺在地,免得被她瞧见。灰尘吹进了我的眼睛和嘴巴。当我起身的时候,石楠花丛发出了呻吟。我向前走去,能感觉到沉睡的人将万物往下拽,在土里越坠越深。恐惧再次钻进了我的双腿,那因回想起那晚再访我爸的那棵树而生的恐惧。每当被这种恐惧刺穿,我就想逃跑,可办不到。正是这种恐惧让我从我爸那棵树那里匆匆奔向了铁匠家。

狂风呼啸,上坡特别累人。我朝上瞥了一眼,看见后妈站在山顶的枯树下。我走上前去,问她在做什么。她张开双臂搂住树干,脸颊贴在树上,说她在想事,她和我爸的事,还有从天上看着我们的月亮。她伸出手,用指头摸了三下我的眉毛。我突然有种冲动,想要抱住树干,于是便这么做了。我的脸也贴在树干上,但胳膊和脸颊的位置比她高,我俩并没有触碰到。

她放开手,不再抱着树,也叫我撒手。她又说想下井去,于是我们顺着山势走了一段,在井口前停下脚步。下井的通道很陡,特别陡,但有些石头可以踩着当台阶。要是在白天,手里抓着绳子,下井并没有多难。井里涌出的风又湿又凉。她让我先下,几乎是推搡着我往下走。虽然我脚下踩着一块块石头,但双腿还是麻木的。越往下越暗,等下到井底,我已是浑身僵硬,还好想哭。我觉得自己再也出不了这口井:入口可能会封闭,把我闷死在里面,绳子也可能会断掉……她缓缓下降,挡住了我能看见的那一小片天空。她推搡着我往里走,又紧紧握住了我的手,告诉我,她生平第一次感到害怕。不过,她已经杀死了恐惧,因为那不是好东西。她的心怦怦直跳,她让我在她身边坐下。我不知道她在哪里,便伸长胳膊四下摸索,但什么都没摸到。于是,我保持坐姿,身子慢慢后退,直到肩膀撞上洞壁,然后伸手去摸她。突然,我大叫出声,叫声在我耳畔回荡,就像别人发出的一样——因为她狠狠咬住了我的手。我推开她,另一只手摸到了一堆土,感觉凉丝丝的,就把被咬疼的手插了进去。过了一会儿,我的双眼渐渐习惯了黑暗,但还是什么都看不见,只能分辨出从井口投下的一道淡淡的月光。很快,就连那一丝光也照不到我了——月亮肯定是挪了位置。我坐在原地,脑袋靠墙,双眼紧闭,内心的恐惧开始消退,取而代之的是平静。这时,她开口了。她用尖细的声音告诉我,她爸爸从村子底下游过去的时候淹死了,再也没有人看见他浮出水面。每天,在丈夫去世的那一刻,她妈妈都会走到院子里,站在原地,双手捂脸,身子来回摇晃。她告诉我,她妈妈在上吊前一天,脚上扎进了一根刺,怎么都拔不出来,只好一瘸一拐地走路。她妈妈是在夜里上吊的,把绳圈绑在了紫藤枝上。第二天早上,她走进院子,看见的第一样东西就是妈妈的脚。那双脚悬在半空,可她一点儿都不怕,因为她当时不知道什么是吊死鬼,也不知道那个姿势代表什么。她伸出两根手指当钳子,拔出了妈妈脚上的那根刺。她告诉我,她其实并不知道她妈妈的坟在哪里,但确信是在埋葬没有灵魂的死者的地方,就在马拉迪纳山脚下,坟头没有任何标记,这就是为什么她每次来马拉迪纳山都担心会踩到她妈妈。她说，要不是因为肚子饿，在街头流浪也挺好的，虽然她已经不太记得了。屠宰场的老人收留她以后，给她喝了很多马血，所以她才身强体壮。从一个阳光明媚的冬日起，她就总是跟在我爸后面。她说，他的影子很温暖。她告诉我，她的脚很冷，问我想不想给她焐焐。我不知道她是什么姿势，但她把两只脚架到了我的大腿上，我伸手握住了它们。它们都冻僵了。我握着两只冻僵的小脚，不知不觉进入了梦乡。

五

在回家的路上，她告诉我，她不想穿过村子。那些无脸人会清扫大街，汲取最后一点残存的黑暗，他们让她害怕。我们朝上游乱石滩走去，穿过干涸龟裂的土地，在日晷上坐了下来。那是一块扁平的圆石头，颜色像干涸的泥巴，上面有星星点点的黑斑。铁匠告诉我，那座日晷曾经矗立在广场中央，他在石盘上标出了时刻，还打造了插在中央的指针。一年后，那根指针被偷走了，可没人在意，因为根本没人想要计时。从我们坐的地方能看见河边的一丛丛芦竹，还有几只掠过水面的飞鸟。旭日初升，我们看着太阳升起，眼睛睁得大大的。事后，我们都希望自己当时闭上了眼睛。那是一颗大火球，到处都是飞溅的火焰，每朵火焰都在燃烧。等到闭上眼睛以后，还有一大块黑斑在眼前晃动。我们听见大锤开始敲打铁砧，她站了起来，站在日晷中央，双脚紧紧并拢，踩在铁针曾经所在的小洞上。她说，她来扮演时间。她一动不动地站在那里，影子边缘正好投在两个刻度之间。慢慢地，影子开始移动。后来，当年轻人离开村子前往马厩，老人们纷纷去往屠宰场的时候，她的影子已经远离一个钟头前停留的位置，停在了另外两个刻度之间。我问她知不知道时间。她说："时间就是我，还有你。"她让我站在她身边，我搭着她的肩膀，她搂着我的腰。在阳光照射下，丝丝缕缕的薄雾笼罩了马拉迪纳山和老爷住的那座山。在我们扮演时间的时候，我的体内涌出了一股奇怪的力量，仿佛我的五脏六腑是铁做成的，仿佛我妈妈在打铁炉后面跟铁匠交合的时候，用铁铸就了我。就在那一刻，我明白了是什么让男孩变成男子汉，又是什么让童年彻底终结。她看着我，我拉着她的手，扶她走下石盘。下地后，她放开了我的手。我朝马厩走去，她则朝村子走去。我回头望向她，她也转身望向我。

不知从哪里冒出了四五个孩子，浑身赤裸，四肢干瘦，肚皮鼓凸。他们像小山羊一样上蹿下跳，嘴里大喊："跟丑八怪走呀，跟丑八怪走呀。"年纪最大的孩子朝我扔了块石头，其他孩子也有样学样。接着，灌木后面又钻出了五六个孩子，边扔石头边追我。我没法还击，因为他们人多势众。况且，我担心要是扔石头，可能真会砸伤他们。于是，我开始逃跑。这让他们更兴奋了，在后面紧追不舍，瘦巴巴的身子晒得黝黑。我跑上通往马拉迪纳山的小路，知道他们追上一会儿就会累。他们看起来就像一根根树桩，边追我边喊："跟丑八怪走呀，跟丑八怪走呀。"突然，一块石头砸中了我的前臂，鲜血顿时流了出来。"杀了他，杀了他……"他们接着追，但我已经遥遥领先。他们当中有两个是我从碗柜里解放出来的男孩。我跑到山下没有灵魂之人的墓地时，他们僵在了原地。我望向他们，哪怕是隔着一段距离，也能看出他们脸上的恐惧。他们不再扔石头，静静地站了一会儿。年纪最大的男孩昂着头，腰板挺直，时不时向前挥动胳膊，五指张开，嘴里大喊："去死吧，去死。"其他孩子也跟着喊："去死。"他们迈着大步离开时，全都扭过头来冲我大喊："去死。"

那天晚上，我们回了山洞。我们一起离开家，去洞里睡觉。我们在石粉中央清理出一块空地，在那张猩红色的床上,甜美的睡意笼罩了我们娇嫩的眼皮。我的胳膊很疼,虽说伤口已经结了痂。我们借助井下的一丝光亮堆了两张床,像两只摇篮,并排摆放,方便我们睡觉的时候手牵手。我们堆起一堆石粉当作桌子,又堆起一堆当作椅子,然后还用石粉堆出了锅碗瓢盆、小杯子和圆盘子。

每天晚上我们都去山洞。她一醒过来,就会告诉我她昨晚梦见了什么。有一天晚上,她梦见一根手指变成了毛毛虫,指尖生出了一只红蝴蝶,刚出生就死了。另一天晚上,她梦见蜜蜂绕着马头飞,马戴着蜜蜂组成的皇冠。后来,蜜蜂又绕着老人的脑袋飞。老人宰马的时候,人和马都戴着蜜蜂组成的皇冠。还有一天晚上,她梦见了一堆马眼,悲雀俯冲下来,用尖嘴衔住马眼,然后飞上高空。当这些悲雀没法飞得更高的时候,就张开嘴,马眼随之掉进河里,被河水冲走,从洗涮区漂过,洗衣妇们因此大声惊呼:"看呀,河里漂着亮晶晶的玩意儿。"她们说那些玩意儿是囚犯扔的。接着,她解释了为什么有些肥皂泡会变成玻璃:那些颤抖着慢慢上升的泡泡会爆掉,而那些直冲云霄的泡泡却不会。

在那口井里,我们又发现了另一口井。是她发现的。她说她听见脚下有水声,叫我也听听。我们屏住呼吸,听见有水流声,就像我躺在床上时听见的水流声。站起来后,这水流声就听不见了,只有躺着才能听见。她呈大字形躺在地上,伸手在墙上摸索,极其缓慢地摸索,然后在角落里发现了一道裂缝,离我们收集红色石粉的地方很远。她努力挤了进去,向前爬去,过了好久才回来,都是从裂缝里退着出来的。她说她发现了一口井,里面有水和光在流动。第二天,我带了铲子过来扩大裂缝,每天扩大一点儿,直到我们能一起钻进去,去看那口井,听里面的水声。

我们会把红色石粉投到新发现的井里,再去观察河流。我们不知道井里深处的水是从哪里来的,也不知道它流向何处。我们仔细观察河流,寻找玫瑰色的痕迹。可是,第二口井里的水完全处于黑暗之中,我们投进去的红色石粉……谁知道它们最后去了哪里?我们几乎把所有石粉——我们在扩大裂缝时积攒的所有石粉,一年里从洞壁上渐渐脱落的所有石粉,也就是用来粉刷屋子的那些石粉——都投到了水里。

每天下午,我们都没法一起玩。她待在家里,把花盆搁上窗台。在日头不那么毒辣,但天气依然暖和的时候,我带她去了亡者森林。我们从一棵树走到另一棵树,念出铭牌上的名字。我们发现了一道多刺的矮树篱,树篱另一面的树都很古老,所有铭牌上名字的正上方都刻着同样的图案:一只蜜蜂飞进张开的鸟嘴。我们聚起一堆堆枯叶,那些叶子是春天时被风吹落的,在饱经日晒雨淋后,如今只剩下叶脉。

六

秋天,我们重新开始回家睡觉,我睡在她卧室的门外。要是睡不着,我心中就会隐约浮现不安,想起黑夜、消逝的夏天、飞走的悲雀、采了那么多蜜的蜜蜂……那个放逐了残阳与绿草的季节。

一天下午,我们跟一群男孩从马厩回来,突然听见了尖叫声。有个拿芦竹竿抽打爬山虎的男人坠了崖。他四肢张开,脸朝下摔在了院子中央。在坠落的过程中,他压坏了盘虬的紫藤。村民们都在大喊,因为那个男人已经一命呜呼。就在大家大喊大叫的时候,老爷乘着马车来了。拉车的是两匹灰马,车厢两侧各挂着一盏猩红的琉璃灯。壮实的老车夫打开车门,扶老爷下车。我从来没有离他那么近过。他双腿扭曲,走起路来很吃力。他自打出娘胎就是那副模样。在他出生时,助产师是扯着他的脚把他拽出来的,他的两条腿因此被扭弯了。他们没多管他,于是他的腿骨彻底变了形。

两个人抬起摔死的男人,一个抬头,一个抬脚,把他放进了马车。村民们都在不满地嘟囔,说死者的灵魂已经逃走了。老爷试图安抚大家，叫他们别担心，说那人还没死透，灵魂还在嘴里。老爷语速缓慢，声音柔和，边说边扫视周围，眼睛一眨不眨。有些人信了，因为他们希望相信，但也有些人不信。有个人说，最好把爬山虎全扒光，这样他们就不用再折腾了。另外几个人说，要是把爬山虎全扒光，村子就完蛋了，因为夏天能这么凉快全是爬山虎的功劳，它能吸收最炽热的阳光，而裸露的石壁可做不到。更糟糕的是，要是没了爬山虎，阳光就会反射到村子里，让村子热得像铁匠的打铁炉。老爷不停地叫大家别担心。他盯着我的脸看了好一会儿，然后才爬回马车。死去的男人蜷着腿，侧躺在座位上。车夫干脆利落地关上车门，接着马车就走开了。马车在石子路上颠簸，仿佛下一刻就会散架。孕妇们摘掉了蒙眼的绷带，在老爷下车时盯着他看。她们的丈夫发现后，狠狠地扇她们耳光：先是一边脸，再是另一边；先是一边，再是另一边。一耳光接着一耳光。

在接下来很长一段时间，村里人都在聊那个摔下来的男人。他们说，他是笔直摔下来的，芦竹竿从他手中滑落，独自在空中翻滚，比人摔下来的速度慢，最后挂在了爬山虎上。他们聊啊聊啊，直到第一场暴风雪来袭。马放声长嘶，摇头晃脑，眼神迷离地盯着某个地方。河水从村边奔腾而过，水面上落满了来自紫山的枯枝败叶。我和后妈去河边看风景。像星星一样的雪花漫天飞舞，靠近岸边的河水结了冰。我们踩着雪往前走。雪一冻结成冰，踩上去就会吱嘎作响。我们堆起一个个雪堆。有一天，我们堆了一棵巨大的雪树，还在中间钻了几个洞，然后透过那些洞互相张望，仿佛彼此是陌生人。接着，我们俩都哈哈大笑。笑声在洞里回荡，悄悄钻进我们的耳朵，萦绕了好一阵子，最后消失在脑海深处。在飘雪的冬季，我们又去了亡者森林。

　　一进森林，我们就停下了脚步，因为从没见过它白雪皑皑的模样。我们穿过举行葬礼的森林入口，站在那里，手牵着手，旁边插着斧头和干草叉。大树从上到下银装素裹，树干上的冰雪结成了痂，被一束暗淡的阳光映照得五彩斑斓。高处的树枝上挂着亮晶晶的嫩枝、星星和冰凌。雪变得像玻璃一样，闪耀着蓝绿光芒。我们的眼睛被映成了玫瑰色，直到光线渐渐消失。我们待在那里，待到觉得自己也在蜕变成树，感觉脚下长出了冰冷的根系。它们在慢慢生长，将我们束缚在大地上。走在雪地上，很难抬起脚，双脚就像失去了生命。过桥之前，我们回头望去，只见林中一片静谧，时不时有雪从枝头滑落，仿佛树枝刚做了一次深呼吸。

七

老爷的老宅通体灰暗，墙上霉迹斑斑，屋顶上有两堆积雪。雪下个不停，积得很厚。天一黑，他们就把雪铲到路中央，攒成一座座雪堆。在刮大风的晚上，百叶窗砰砰作响，时开时关。风呼呼地吹着，一切都显得生气勃勃。也许在这个冬天，河水就会把村子冲走……但冬天过去了，河里如今流淌着融化的雪水。

该去寻找红色石粉了。马拉迪纳山上的风跟别处的不一样，总是刮呀刮呀，从不停歇。山上的风疲惫而萎靡，被迫在石楠花丛中暴走，所以会无休止地发怒。我们上山的时候，风会把灌木从土里扯出来，抛上半空。灌木会在空中停留片刻，投下斑驳的光影。第一批人一进洞就开始大吼，因为哪里都没有石粉。有个男人大声说，大吼大叫也没用，吼叫只会让山上的灵魂感到快活。他身边的人宣布，如果真有灵魂的话，那它们是该快活，情况很明显，因为夏天温度太高，石粉没从墙上脱落。那个说"大吼大叫也没用"的男人叫他们闭嘴，说他们根本不知道自己在说什么，所有无名死者的灵魂都在笑，因为村民们在吼叫，而他能听见那些灵魂的笑声。

第二天，我们带着木棒和铁铲回到山洞，刮下洞壁和洞顶的石粉。在洞里根本没法呼吸。出洞的时候，我们个个脸膛通红，就像生气发火似的。但是，村子必须粉刷，要是不粉刷，从远处望去，整座村子就像一排快塌的破屋，显得又穷又脏，像是枯萎紫藤的囚犯。第三次从山洞返回后，我走进家里的饭厅，发现后妈坐在桌上，脑袋朝后仰，身边摆满刷子。她正在刷自己的脖子。她慢慢地刷着，就像在粉刷墙壁。一看见我，她就停下手中的活儿，说："现在天黑了，我们去把刷子扔进河里吧。我们拿麻袋裹住刷子，这就出发去扔，扔得越远越好。"我们在河边徘徊了许久，凝视着漆黑的河水。不过，我们不得不赶紧回家，因为那些让她害怕的无脸人开始出现了。第二天，我们去找其他刷子，它们都被存放在广场边的工具棚里。我们一刻不停地奔忙，直到把刷子统统处理掉。最后一天，扔完刷子后时间还早，我们就坐在日暮上，在那里能听见风在呼啸。她说，我们听见的不是风声，而是灵魂的悲号。

当紫藤花开始绽放、小草开始发芽时，我们就沿着河边去了森林。过河的时候，她搂住我的腰，我背着她游了过去，就像背着一片荷叶。我们觉得口渴，就大口大口地喝河水，巴不得喝下一整条宽宽的大河。我们把狗尾巴草和小树苗甩在身后,坐在铁匠的树下。我猛地站起身来,用指甲在树干上刻了个十字。我俩四目相对,哈哈大笑。她托起铭牌,在手里握了许久,然后往上面吐了口唾沫,让它变黑。我摘下铁环,把它挂在了另一棵树上。她哈哈大笑,笑得上下牙直打架。她的牙齿小小的,但上下牙磕到一起,声音却很是响亮。我们站起来,开始逐一查看那些树。有些树相当古老,树干上全是节疤。我们开始奔跑,在森林里飞奔,好似随风飘荡的树叶。我俩走散了,我便用自己发明的口哨声呼唤她,她当时一下子就学会了那个调子。我的口哨声引出了一条油光锃亮的黑蛇,它从石头底下钻了出来。我捡起它藏身的那块石头,使劲扔过去,砸死了它。

万物都朝着夏天进发,朝着锁在树林深处的绿意挺进。我们调换了所有的铁环。不少树上一枚铁环都不剩,有些树上则挂了三四枚。我们爬过多刺的树篱,仔细打量刻有飞鸟和蜜蜂的铭牌。树篱另一侧的树是森林里最古老的树,树干全都开裂了,最高的那棵树上全是枯枝。我们摘下铁环时,发霉的青苔扑簌簌掉落,露出一道长长的裂缝,从中探出了一根骨头。我抓住它拽了一把,更多的骨头纷纷滚落。她把骨头全铺在地上。我们每从树篱另一侧的树上摘下一枚铁环,就会露出一个窟窿,掉出泛黄的骨头。我拓宽了洞口,拽出一颗颗骷髅头——它们个头太大,没法自己掉出来。我们把它们堆起来,一颗叠一颗,拿小草堵住眼窝,这样它们就不会盯着我们看了。手指、脚趾的骨头小小的,很适合拿来玩。我们先把它们抛上天,再伸手接住。要是它们掉在了地上,没接住的人就算输了。我们在森林里有个隐秘的角落,里面弥漫着青苔的味道。那里有一块大石头,我们拿它当锅,放了很多指骨、趾骨进去。要是我们不想玩了,就走到大石头边,翻搅里面的骨头。我们会先掬起一大捧,再任由它们掉落,只为听骨头落地时细小的声响。

有一天,我想拿斧头劈开一棵树。她瞪大眼睛盯着我,双手捂嘴。我右手手掌刺痛,可因为她在看着我,所以我没喊累,也没意识到疼。树干像橡胶一样富有弹性,树里的死者皮肤还在,像老爷的宅子一样灰扑扑的,裹在枯骨上。死者的肋骨间有四条蛇在游动,就像我吹口哨时钻出的那条蛇,只不过个头没那么大。

随着天气转暖,蝴蝶随处可见。有时候,我们朝树上扔骨头,蝴蝶就会振翅飞走,一哄而散。我们躺在地上看蝴蝶,我不知不觉睡了过去,直到觉得有人在盯着我看才突然惊醒。只见她跪在我面前,手里握着斧头。她慢慢走到一棵树下,不时回头看我有没有跟上。我跟了上去。她在树前停下，把斧头递给我，叫我把树劈开。一缕阳光从树叶缝隙间投下来，照在她的头发上，幻化出五彩光晕。她的眼白里也跃动着点点彩斑，犹如水波流转。"劈开它。"她把斧头递给我，但我没有接，只是盯着她看。她站得离我这么近，而就在不久前，她还离我那么远：在院子里吹泡泡，用针线穿紫藤花，坐在桌上，手里拿着芦竹竿……站在挂着绿窗帘的窗户中间。"劈呀。"我什么都没说，也没动弹。她猛地丢下斧头，开始绕着我打转，就像着了魔似的。"劈呀，劈呀，劈呀。"她又把斧头递给我，但我还是没有接。她走到前面去摆弄铁环了，而我站在大树下，直勾勾地盯着被扔在地上的斧头。

我没有让步。她个头娇小，光着脚丫，慢慢穿过被踩得倒伏的草地，沿着我们经常散步的小路走了回来。她踱着步子，手里拿着一块圆骨头，时而往天上抛，时而伸手接住。我们玩起了"吓人"游戏。她会大喊："他们来了。"然后我们就跑来跑去，心中充满恐惧，因为不知道是谁来了，从哪里来的，是不是有很多人。也或许是因为我们自己的喊声唤醒了心中的恐惧。"他们来了，他们来了。"我们会躲在树干后面，静静待上一会儿，然后突然从树干一侧探出脑袋，再飞快地缩回去，仿佛我们分别是对方口中的"他们"。我们一直不知道"他们"是谁，"他们"也从来没有真的来过。等我们从树干后面走出来，侧耳倾听，总是什么都听不见，除了阳光与泥土的呼吸，以及天上呼啸而过的风。

她又捡起斧头，递给我。她握着斧刃，把斧柄塞到我手里。"劈呀。"她直勾勾地盯着我，我只好接过斧头，开始劈我爸的树，先从上到下，再从左到右。树皮很软。封住死者的大树都像橡胶一样柔韧，很难撬开。等我劈出十字裂痕后，她叫我用力拽。在她的帮助下，我使劲拽呀拽，不久，树里的东西便涌了出来。有树皮，也有腐肉，还有一种湿答答的混合物，是从尸体里渗出的黑色液体。跟我眼睛齐平的地方，刚好是一颗腐烂的心脏，由四根血管与胸腔相连。在心脏的正上方是被玫瑰色的水泥封住的嘴巴，喉咙深处有一抹湿痕，粉色水泥因此变得更鲜亮。皮肉残缺不全的膝部弯曲，腿骨也是歪七扭八的。再往上看去，脸庞像腐烂的水果，额头上的皮肤已经完全消失，但嘴似乎在笑。眼睛不见了，被树脂腐蚀掉了。我撒腿就跑，她却没有动。接着，我听见了她的笑声。我游过河去，一直跑到家里才停下。迈进家门的时候，我发现她已经坐在了桌上，正用手指挖一团肥肉球。

我梦见老爸炽热的吐息灼伤了我。

八

有个女人死于分娩,大家去安葬她的时候,才发现森林遭到了破坏。那天下午天气不好,空气中弥漫着硫黄味,树上没有一片叶子晃动。始于山洞的争执又卷土重来,那是年轻人与老人之间的争执。一段时间以来,在洗涮区干活的年轻人常说,应该让大家以自己希望的方式离世。屠宰场的老人则表示,应该保持过去的传统。中年人大多站在老人一边,但也有些中年人觉得怎么样都无所谓。有个老人见骨头被扔得乱七八糟,骷髅的眼窝里还塞着草,不禁长吁短叹,说这种惨剧不该发生。铁匠没听大家争吵,一斧子劈进了他们要打开的那棵树,结果斧柄上的楔子滑脱了。他叫大家别吵了,去找个粗一些的新楔子,要没生锈的。一个老人转身离开,嘴里嘀咕着:"别管那些骨头了,它们只会害人。"有个小伙子说:"我们这些活人,该好好过自己的日子,别再管什么灵魂了。毕竟,谁真的见过灵魂?"一个女人捂住了耳朵,脸色惨白如雪。取楔子的人回来了,铁匠把楔子塞进斧柄,拿石头敲了敲,就又有了一把结实的斧头。他们说，在粉刷村子之前，必须先把森林恢复原状。一连好几天，他们都进森林去忙活，尽可能地把每一枚铁环都挂回相应的大树，把每颗骷髅都拼回相应的骨架。妇人们用粗针和马尾巴毛缝合了十字裂缝，因为大树已不再分泌树脂封闭伤口。

一连好些天，我和后妈都没有说话。要是我们碰巧四目相对，就会迅速扭过头去，仿佛有一只无形的大手拽着我们的头发，逼我们转身。无论是白天还是晚上，我眼前都会浮现出那棵大树：苍老的暗绿树皮，上面有白色条纹。到处弥漫着恶臭，那股臭味来自大树内部，来自树干中央，来自腐烂的肉体与鲜活的树木。我听见一个声音，告诉我这事不该发生。那个女人惨白的脸色，还有我爸空洞的眼窝，看见我是怎么……

不久，后妈就拿着那两盒黑白羽毛走进院子，喊我一起玩。她爬上桌子，让羽毛纷纷飘落。我抓住它们，分成两堆，一堆黑的，一堆白的。

我们开始抓蜜蜂取乐，把它们抓住再碾烂。她收集蜂蜜，滴在地上，只要一滴就行。等蜜蜂飞来采蜜，我们就把它们拍烂。有时候，我们不拍烂它们，而是用玻璃杯盖住它们，一直关到它们死去。第一天晚上，我能听见蜜蜂的声音，那些没被蜂蜜困住的蜜蜂。它们嗡嗡直叫，不断撞击铁皮墙。我们发现，在起风的日子里，蜜蜂会抓住小石子，负重飞行，这样就不容易被风吹翻了。等到不刮风了，它们就立刻丢掉石子。这是我们偶然发现的。那天，一只蜜蜂从我后妈头顶飞过，落下的小石子砸中了她的额头。老迈的蜜蜂会飞去毛茛泉边喝水，很多都在返程途中坠地身亡，因为实在是不堪重负。年轻的蜜蜂会用嘴叼起幼蜂，干活的时候把幼蜂放在叶子上，干完活再带它们回去睡觉。蜜蜂理解不了身边发生的事。它们会飞去日晷那边，把尸体埋在日晷周围。那一年，它们特别悲伤。因为采不了紫藤花蜜，它们只好飞到田间，吸食苦涩的小花。它们不屑于飞进我们的衣褶，也不屑于飞进我们的头发。

毛茛泉的水要过滤后才能喝。泉眼里有许多不停蠕动的小虫，它们一旦进了人的身体，为了能逃出去，就会穿透人的骨头、血管和皮肤。不过，它们一破皮而出就会死去，因为它们离了水没法活。

九

当森林里的活儿干完后，就到了粉刷村子的时候。可是刷子不见了。我和后妈躲在铁匠家后面,在那里能听见村民们的吼叫。他们草草地做了些新刷子,可是不够人手一把,只好轮流用,从一个人手里传到另一个人手里。粉刷村子快不了,也不可能一次搞定。

等屋子全都粉刷完,浓密的紫藤花也全开了。在举办大型庆典那天,每个人都焦躁不安:因为灵魂,因为石粉,因为森林里的混乱,还因为田间嗡嗡叫的蜜蜂(它们肯定在告诉彼此,说它们快要死了)。

女人们装点了街道。她们拉起绳子,从一栋房子拉到另一栋,从街的一边拉到另一边,然后挂上色彩鲜艳的旧布片。铁匠给囚犯送去了一些蜂蜜,回来后宣布很快就会有马嘶可听了,因为囚犯的嘴已经很像马的了。午后,孕妇们开始在广场中央跳舞。某个院子里的人开始朝断崖上扔石头,想把挂在爬山虎上的芦竹竿打下来。无论是刮风还是下雨,它都在上面纹丝不动。你能看见那根竿子,还有呼啸而过的石块。突然,竿子颤抖了一下,然后就掉了下来。有那么一瞬间,它似乎又要被底下的爬山虎缠住了,但幸好没有。击落芦竹竿的那个人走进广场,把竿子掰成一截一截的,递给想要的人。他年纪轻轻,晒得黝黑。孕妇们纷纷停下舞步,走到他面前,摘下眼罩,假装想要一截,但眼睛只是盯着被团团围住的小伙子。其中一个女人趁大家没反应过来，突然抓住小伙子的手，亲了一下他的指尖。站在我身边的铁匠说，村民很快又要忙着扼杀欲望了。当时，我不知道他们是怎么扼杀欲望的，也不知道那句话是什么意思。孕妇们又开始跳舞，但什么都看不见了。在她们重返舞池之前，她们的丈夫已经把缠住她们眼睛的绷带绑得紧紧的，扯得她们额头的皮肤都起了皱。

后妈坐在家门口，膝头搁着一团肥肉球。每个经过的人都冲她大吼，但她一直在吃，看都不看他们一眼。不过，那些人一走过，她就冲他们晃动手指。孕妇们跳完了舞，所有男人都排队去赛跑。赛跑的时候，他们眼睛鼓凸，昂首挺胸，胳膊在身前摆动，有种脱节的感觉——呼吸声跑在前面，身体则跟在后面。两个老态龙钟的男人在树洞里备好了签。大多数木签都是尖头，只有一支末端是分叉的，抽到那支签就得从村子底下游过去。所有没了脸皮、缺了鼻子、少了耳朵的男人都待在马厩里不出来，免得让别人看了丧气。抽到分叉签的人必须勇敢，像骄阳一样勇敢。抽签用的那截树桩里外都被刷成了粉色，每年它都会被重刷一遍，就像村里的屋子一样。男人和大男孩们必须跑过树桩，然后抽出一支签。每当抽出尖头签，所有人都沉默不语。等到抽出分叉签，大家都哈哈大笑，孩子们也上蹿下跳。

抽到那支分叉签的男孩比我大不了多少。他长得跟其他人差不多，只是鼻梁更挺，脸颊更圆。一瞥见木签的末端，他就脸色煞白，一脸恐惧。每个人都心知肚明，甚至在看到签之前就知道了，他抽到了下下签。抽到分叉签的人总是脸色惨白。

铁匠和一群男人陪他来到村子上游的河边，河水从那里奔流而下，朝黑暗之处挺进。男孩脱光了衣服，他们递给他一杯酒。他在喝酒的时候，眼睛从一个人瞟向另一个人。他在岸上磨蹭了好久，那群男人不得不把他扔下河。他浑身赤裸，形单影只。我去河边偷看，后妈跟在我身边。男孩进到水里的时候，她从口袋里掏出一根绳子，抡了起来。有个男人发现了我们，当胸给了我一拳，把我打倒在地。所有男人都跑去村子下游，去看那个男孩怎么样了。广场上有三个妇人在木臼里捣呀捣，把紫藤花和蜜蜂捣成糨糊。那是给男孩包扎伤口用的药膏，能够生肌止血。老爷从高处的窗口看着这一切。他在等待男孩浮出水面，宣布村子很快就会被河水冲走。他能看见那人什么时候进到水里，什么时候浮上来。如果那人浮出水面时已经昏迷不醒，村民就会把他捞起来，抬上岸。一旦那人上了岸，老爷就会关上窗户。

我捂着生疼的胸口,朝家走去。后妈跟在我身后。我们坐在屋前的台阶上,我看着她,她笑了起来。此时此刻,村子底下的激流正把那个男孩冲向岩石,折断他的胳膊。

十

从河里被捞上来的时候,那个男孩已经不行了,于是他们就把他送回了河里。死在河里的人都会被送回河里。河水会把他们带走,再也没人知道他们的去向。但在夜里,在死者被抛进河里的地方,能看见一个影子。不是每天晚上都有。不是今天,也不是明天,但在某些晚上,会有一个影子在那里打战。他们说,死者的影子会回到他出生的地方。他们还说,死亡就是人与影子融为一体。那年夏天,那个男孩的影子清晰可辨。那绝对是他,因为他断了一条胳膊,而那个影子也只有一条胳膊。那个影子挣扎着逆流而上,试图钻到村子底下。它只有意志,没有身体,也发不出声音。就在那个影子拼命挣扎的时候,囚犯发出了嘶鸣。

村里如今只剩下一个囚犯。很久以前,还有另一个。他们说,他活得比大多数人长一倍。囚犯是小偷,村里只惩罚小偷,对他们的惩罚就是剥夺人性。关囚犯的笼子是铁匠造的。他把笼子造得很小，里面只够一个人坐着，根本躺不下去。第一个囚犯被关在木笼里。大家都记得，他靠啃指甲打发时间，啃到手血流不止。在那之后，他开始啜泣。那个人还没彻底丧失人性，木笼就朽烂了。于是，他们不得不造了新笼子。他们说，这座铁笼能用一辈子。冬天，村民们会在笼子周围堆上木柴，这样囚犯就不会觉得冷了。大家都关心那个囚犯，每天给他送吃的喝的。他被关在洗涮区的下游，妇人们聚在一起洗衣服的时候，比较粗野的女人会大喊："叫呀，给咱们学马叫呀。"有时候，囚犯一个人待着的时候，会试着放声长嘶，但他发出的不是马嘶，而是悲号，一种奇怪的声音。礼拜天，许多村民会带着孩子们去看囚犯。他们会站在铁栅栏边，朝他丢肉块。他必须用嘴接住。要是没接住，他就得像马吃草一样，用牙将肉从地上叼起来。等到实在吃不下了，他就闭上眼睛、闭上嘴，不再搭理村民，然后第二天就得接受惩罚。如果是夏天，铁匠会在他身上涂满蜂蜜，这很快就会招来愤怒的蜜蜂。在涂蜂蜜之前，囚犯得坐在木桶上，手腕、脚腕都被粗绳绑在铁笼的栅栏上。

囚犯瘦骨嶙峋，都能数清有几根肋骨。他眼中布满红血丝，就像我妈一样。没人知道他偷了什么，但大家一致认定他是小偷。如果是冬天，他们不会给他涂蜂蜜，而是会逼他喝没过滤的毛茛泉水。小虫会从他的皮肤底下钻出来，一钻出来就会死掉，因为它们离了水没法活。在那之后，囚犯会变得十分虚弱，毫无力气。他恢复得很慢，明明睁着眼睛，却什么都看不见。有一次，我看见他被捆住手脚，一动不动地歪着脑袋，脖子上青筋暴突。

那年夏天，在那个影子拼命挣扎的时候，囚犯发出了嘶鸣，马也长嘶回应。第二天，全村人聚到一起，看铁匠拆开铁笼。他们把笼子吊上半空，扔在了老爷住的那座山上。囚犯意识到自己不再被铁栅栏包围，便张开双臂，伸开双腿，用尽余下的力气放声长嘶。他一直保持着那个姿势，仿佛还被捆着。铁匠宣布，囚犯已经不是人了。他的手腕、脚腕都留下了浅色的痕迹，仿佛阳光无法穿透有时缚住他的绳索。两个男人扶他站了起来。他们撒手后，囚犯倒在地上，再次张开双臂，伸开双腿。铁匠转身面对村民，再次宣布囚犯已经不是人了，但他会活得比大家都要久。

十一

又一个夏天结束了。所有逝去的秋天仿佛都一样，坚持不懈地想要回归。秋天来了，爬山虎攀上断崖，从地面一直爬到崖顶。秋天是一大蓬热烈张扬的红叶,当裹挟着硫黄粉的狂风吹来时,红叶统统会被卷走,变得苍凉而冰冷。红叶落在村里的街道上,落在将它们卷走的河面上,在漩涡里打转,向钟楼漂去,最远能漂到上游乱石滩。它们旋转着纷纷飘落,仍然带着先前嫩绿的气息。夏天支撑叶子的细茎如今没了水分,也飘然坠地。叶子被风吹落卷走,我们等到最后一片落下,再把它们聚成一堆,放火烧掉。火焰会让它们尖叫,低声呼啸,冒出青烟。屋里和空气中都弥漫着叶子烧焦的气味,空气中充满死亡的气息。要是叶子烧得太慢,我们就拿芦竹竿捅一捅,掀起一侧的叶子,好让火苗往上蹿。春天就这样一点一点在秋天死去,在广场的石子路面上死去。很快,第一场小雨就会浇熄最后的温暖,冲走墙上的涂料。所有粉色的东西都褪了色,消失在漆黑的涓涓细流之中。没了红叶和粉墙,整个村子都变了样。众多疲惫破败的屋舍聚在河面上,嵌在老爷住的那座山的山坳里。

有一天晚上,当村里一片死寂,马站在围栏里沉睡时,我和后妈走出了家门。我们漫步走过围栏,她长裙及地,长发垂腰,额头上沾满了夜间的露水。她告诉我,她看见过铁匠的儿子坐在家门口,瘦得只剩皮包骨头,眼睛仿佛占据了整张脸。我们走路的时候手牵着手,突然扑哧笑出了声,因为我们转过身去,看见了粘在自己脚跟上的影子。我们跳着后退,去踩影子,然后又转身面对粘在脚尖上的影子,终于踩到了它们。时而我的影子比她长,时而她的影子比我长。我闻到了一股陌生的香味,说不上是香草散发的,还是藏在土里的花散发的。花朵在进入冬眠之前酝酿香味,准备等寒冬结束后再献给人间。我们爬上养马的围栏,坐在横杆上。她告诉我,她知道很多事。比如,远处的河水在流淌,死者在沉睡,装着死者的树也离死更近了一步,死者肚子里的水泥要过很久才会干。她说,我们对阳光相当了解,知道一切都会在阳光下蒸发,然后重新回到我们身边——既不太快,也不太慢,就像我们投在日晷上的影子。一模一样,总是一模一样,既没有开始,也没有结束,永远都不会累。而我和她都会累。她伸出胳膊,在黑暗中摸索我的脸,用指头摸了三下我的眉毛。随后,她爬下围栏,说想玩个游戏。说完,她就蜷成了一个球。我们坐在地上,膝盖顶到胸口,双手抱住膝盖。我们玩了一会儿,先歪向一边,再歪向另一边。她说:"我们动一动,滚去远一点儿的地方吧。"马踩过的草地跟我们一起玩,允许我们从上面碾过。马都在沉睡。

  我们玩累了,就站起身来。她转身迎接我。我们面对面站着,她的眼睛闪闪发亮。月亮越爬越高,投下暗淡的月光,我似乎瞥见了一片芦竹叶在摇曳,那是一根小小的芦竹。我们一句话都没说,就奔跑起来,仿佛在飞翔。一直跑到桥中央,我们才停下脚步,心怦怦直跳。

桥下的河里升腾起了水汽,仿佛水生活在风中,在河道里流淌。花朵、泥土和树根的潮味也飘了过来。流进的水和流出的水闻起来是一个气味。一模一样,总是一模一样。我们努力看呀看呀,想看见根本看不见的东西。身后的月亮把我们的影子钉在了地上,慢慢将它们投向河面。河水抹去了一部分影子,让它们口唇相连。月亮在消失时,也带走了依然口唇相连的影子,仿佛拽着脚把它们拖走了。

我们生了个女孩,她长得跟我妻子一样。我妻子常说:"她长得跟我一模一样。"

第三部分

一

我女儿四岁生日那天,我带她去了毛茛泉。她其实并不想去。我像她这么高的时候,跟我爸一起去了那口泉眼,但后来再也没去过。在我的印象里,它是树荫底下一个黑乎乎的窟窿。我知道,一经过屠宰场就要沿着河边走,从那里能看见对岸的洗涮区和关囚犯的铁笼。走到半路就能听见瀑布的水声。如果你走出一段再回头看,就只能看见老爷住的那座山的侧面。当你走到石桥时,爬满爬山虎的断崖就会出现在眼前。对面是个山坡,山脚下长满树木,山顶上有一片草甸。石桥再往前有三条岔路,其中一条蜿蜒上山。石桥周围的荒地只长着扎人的荨麻和杂草,要是你把那些杂草煮开后喝下汤汁，肚子里的东西就会喷涌而出。我女儿在桥边停下脚步，凝视着河水。我们走出村子的时候，太阳还在上游乱石滩背后沉睡，但现在已经升了起来，正穿过河道拐弯处。阳光照在绿叶上，把它们映成了黄色。石桥再往前，河边的树木变了许多：我小时候能摸到低处的树叶，现在却几乎摸不着了。我喜欢摸那些叶子，因为叶子背面是白色的。过桥后不久，就能听见瀑布的水声。小路开始下坡，渐渐远离河道，最后消失在一丛粗壮的大树前。那些大树环绕着一圈石头，石圈中间就是泉眼。那个地方并不昏暗，斑驳的阳光在地面舞动，远处的群山隐约可见。小时候，我被这个水面上漂满小虫、总在涌出活水的泉眼吓坏了，它是我无法理解的活物。藤蔓密密麻麻地爬满泉边的石头，开出白色的花朵；泉眼里汇集的水滴滴答答往下淌，沿着一条水渠流走，渠边长满了蓝色毛茛花。我握着孩子的小手，想起了自己在她这个年纪时的模样，想起了自己的恐惧，想起了老爸，想起了妻子第一次把孩子递给我看时的情景。她让我看看女儿，说"她长得跟我一模一样"（接生的助产师把孩子递给我，想让我看看，可出于种种原因，我并不想看她）。孩子静静站在原地，小手握着我的手，盯着那些毛茛花瞧。蜜蜂在采蜜，在石头和水渠边嗡嗡叫。我摘下一朵毛茛花递给女儿，可她不想要，挥手打掉了花。当我弯腰去捡的时候，她突然说，她想要黑夜。两个女人拎着水桶走到树荫下，加入了我们的行列。她们只瞥了我一眼，就大笑起来。其中一个女人年纪轻轻，个子高挑，就像村里那些老妇人一样眼睛鼓凸。另一个女人个头矮小，辫子垂在胸前，长可及腰。她们走向泉眼，凸眼女人直勾勾地盯着我，笑个不停。自从我女儿呱呱落地，全村人看见我都是这副表情。在那女人发笑的时候，我觉得她心里想的东西跟那些孩子想的一模一样。那些孩子只要看见我跟女儿在一起，就会用手捂着嘴，大喊"残废，残废"，就像他们曾经喊着"跟丑八怪走呀，跟丑八怪走呀"一样。当时的孩子如今都已长大，最小的那个也从大人那里学会了骂脏话。正在过滤泉水的长辫女人突然往我女儿身上泼了一捧水。我女儿尖叫起来，因为一条火花大小的小虫在她手上蠕动。那女人说我女儿血统低劣，还是个爱哭鬼。我反问她愿不愿意让虫子爬到自己身上，可她们根本不在乎，自顾自聊起天来。她们旁若无人地聊着天，但说的每句话都是针对我的。她们说，我老婆和我女儿都有条胳膊短了一截；说我妈曾是村里最漂亮的女人，却嫉妒新婚夫妇；说我妈已经不在了，被某种莫名的怒火吞噬了。长辫女人用乌黑的眼睛盯着我，仿佛我不是活生生的人，而是大树或小草。她说,我应该感到羞耻,应该在我爸死后时不时挨上一顿揍,而不是爬上我后妈的床,败坏自己的名声。凸眼女人说,我爸想要一场不体面的死亡,但他们扼杀了他的欲望,因为他们立刻意识到了他在做什么……他实在太倔了,他们没法彻底扼杀他的欲望,因为灵魂密密地罩住了他。长辫女人接过话茬:"所以他跟他后妈上了床。他后妈有个花盆,里面开着一朵花。"凸眼女人哈哈大笑,笑得弯了腰。长辫女人乐得前仰后合,笑得更大声,像疯子一样。就在那一刻,泉眼边的藤蔓摇晃起来,后面躲着铁匠的儿子。长辫女人止住笑,嚷嚷起来:"你以为我们听不见你、看不见你,不知道你在偷看吗?我要叫你妈把你绑回床上。"我女儿喊了起来:"出来吧,出来吧。"铁匠的儿子一从石头后面蹦出来,就攥住长辫女人的胳膊,把脸凑到她面前,叫她别再来烦我,赶紧回村子去,紫藤根正在她家里搞破坏呢,因为两个卡拉魔趁夜里偷偷给它们浇了青草汁,让它们不受控制地疯长。凸眼女人叫他别再编故事骗人了,赶紧回他躺了一辈子的床上去,他就该在那里了结小命。她说虽然他爸是个管事的,管着一群脑子里装满石头的人,可她丈夫还是守卫呢,所以两人也差不了多少,也许守卫还要好一点,起码不会去烦别人。长辫女人从男孩手里抽回自己的胳膊,说他总是找借口碰她,还叫他当心点儿,因为像他那样的小瘦猴,她一巴掌就能打倒。她说她会狠狠给他一巴掌,让他摔个狗吃屎,让他那没骨头的小瘦腿断成三截:两截戳进他的眼睛,剩下那截塞进他嘴巴。两个女人拎起水桶就走,但没走出两步就又转过身来。长辫女人冲我们吐舌头,大喊:"你们以为自己是老爷啊?哈,做梦吧!"我女儿搂住铁匠儿子的腿,说她想要黑夜。

二

铁匠的儿子比我小五岁,一出生就身体羸弱。铁匠的老婆,就是那个脸上有紫斑的妇人,说这样反而更好。他从小就闭门不出,躺在床上。直到去年,他们才准许他去想去的地方。也不知道他躺在床上是因为生了病,还是因为骨头太软。他的嗓音低沉嘶哑,发自胸腔深处,就像囚犯的声音。有时候,他说话说累了就会停下来,做几次深呼吸。每当这时,他身体里就会发出某种乐声。他有一头粗粝的金发,脑后发色略深。每次他说话说得太久,就会用一只手的拇指和食指去扳另一只手的指头,仿佛想撕裂手指连接处的皮肤。他常说,他在床上躺了那么久,有那么多时间可以想事情,因此学到了很多东西。我第一次带女儿去亡者森林那天，根本没听见脚步声，他就一下子蹦到了我面前。在那之前，他从来没跟我说过话。他告诉我，他已经跟踪我好几天了，因为有一天晚上，在全村人都去参加葬礼时，我进了他家，从那天起，我的手就一直陪着他。他说，我的手碰到了他。那天，我在离开之前俯身看着他，但当时他还不会说话，他的舌头还没有力气，没法组织语言，因为他爸妈一直不给他吃东西，这样他就会一直生病，无论是在年轻的时候，还是在老了以后，都不用从村子底下游过去。他让我摸摸他的胳膊，说虽然血还在流，但它就像尸体一样，像死人的胳膊，因为所有肌肉都逃跑了，所有能帮他挪动胳膊的肌肉都消失了。不到一年前的某一天，他对我女儿说起了灵魂。从那天起，我女儿就爱他胜过爱我。而她从懂事的那天起，一直只属于我。那天在森林里，他出其不意地出现在我面前，我压根儿没听见他的脚步声。他告诉我，他懂的东西比我多，因为我从来没饿过肚子。他说，他知道是谁把亡者森林翻了个底朝天，是谁在拿骨头玩把戏，但他从来没告诉过别人。不过，他问我能不能撬开一棵树——他会帮忙的——因为他想找些腿骨仔细瞧瞧，弄清膝盖要怎么打弯才好走路。我女儿正盯着一只刚出生的蝴蝶，铁匠的儿子发现了，便拾起那只蝴蝶，放在了我女儿的手里。她笑了，静静盯着他看了许久。在我们分道扬镳的时候，她想跟他走，而不是跟我回家。有一天晚上，他向她解释了什么是灵魂，灵魂是做什么的。从那以后，他们俩就形影不离。我听见了他是怎么向她解释的。有一天晚上，大家都去看囚犯的时候，我女儿不知怎么走丢了。过了一会儿，铁匠的儿子起身去找她，说会把她带回来。过了很久，两人都没回来，我就去找他们，最后发现他们在下游乱石滩。他四肢摊开地躺在日暑上，而我女儿则坐在他胸口上，两只脚架在他的脖子上，有时会把一只脚塞到他嘴里，让他住嘴别说了。我躲在一块大石头后面，听铁匠的儿子向她解释说，所有灵魂都去到了月亮上。对，灵魂都去到月亮上了。我从石头后面看着他们，看见我女儿听得目瞪口呆，张大了嘴。铁匠的儿子把一根手指塞到她嘴里，又说了一遍："所有灵魂都去到了月亮上，所有那些从没灌水泥的嘴里飘出的灵魂。因为那些嘴里灌了水泥的人，他们的灵魂没法逃脱。"他说，不是说灵魂会飞，但如果它们大步往前跳，就能升上天空。他说："它们总是一个接一个地离开，有时会跟其他灵魂连在一起，就像你一个接一个地吹泡泡那样。它们偶尔也会搭云车，拉车的是最古老的灵魂。它们像马一样拉着车，一会儿上升，一会儿下降，飞得比悲雀还要快。没人知道这个,就像没人知道白鸟是什么时候飞走的。等到看不见地面的时候,那就说明离月亮已经很近了。"我女儿问他,灵魂长什么样。他说,其实谁都说不清,但只要她不告诉别人,他就说给她听。灵魂就像一口气,在黑夜中发光的一口气。他告诉她,在快要飞到月亮的时候,灵魂会快活得像疯了一样,就像鸟儿从山上飞下来的时候,只不过恰好相反,因为灵魂是从下往上飞的。它们会快活得要命,根本没意识到自己在做什么,就直接蹦到月亮上去。速度不够快的那些会落回地球,因为这段旅行持续了一千年,它们实在是累惨了。有些灵魂能抓住月亮的边缘,要是力气够大,就能留在那里;要是力气不够,就会翻滚着掉下来,仿佛从来没飞上去过。在马拉迪纳山上飞来飞去的灵魂,就是等着搭车或者已经坠落的。他告诉她,月亮上有一丛丛的白草,那是所有草里最嫩的一种,比其他任何东西都要娇嫩,因为它没有完全长大。最好的灵魂能到达月亮中央,而不是月亮边缘。就在这时,我女儿让他别说了。但他接着说,最好的灵魂会穿过月亮,就像它是雾做的。在月亮背后等着的灵魂会看见它们像新芽一样破土而出。然后,他告诉她:"没错,最古老的灵魂会吃草,用额头中间的角吃草……它们全都歪着身子,吃着草……"他告诉她:"它们全都这样,歪着身子,在牧场上吃草,直到走到河边。那条河循环往复,无始无终,就像一条首尾相接的衔尾蛇。想喝水的灵魂就去喝水,一喝完就什么都不记得了。不记得你,也不记得我,什么都不记得了。它们身体里的那点东西死掉了。要是它们挨过饿,就不记得饥饿是什么;要是它们失过眠,就不记得睡眠是什么。在刚失忆的时候,它们相当平静。但没过多久,它们就开始焦躁不安。它们不知道是怎么回事,也没人给它们解释为什么会有这种感觉……"我女儿把脚塞到他嘴里,身子向后仰倒。他挺起上半身,边笑边搂住她,说他还没说完呢。他告诉她:"灵魂在雨后天空中的彩虹上排队,等着上车。我能看见它们朝月亮飞去。彩虹七色交融的那一段,上面站满了灵魂。"我女儿把一片草叶塞到他嘴里,说:"吃吧。"那是她从囚笼附近摘的草。他吃了下去,承认因为太多年没吃过东西,他现在吃得越多就越瘦。夜幕已然降临,他接着往下说,但说得很慢,仿佛在每说一个字前都要思索一番。他向她解释说:"肥皂泡在芦竹竿里成型的时候,里面充满了灵魂。泡泡之所以会爆掉,是因为灵魂冲它吹气,然后悲伤地逃了出去。它们特别悲伤。那些变成玻璃的泡泡里装着灵魂。泡泡就像笼子,你冲它吹气,它可不会破。"我女儿哈哈大笑,把草叶塞到他嘴里。

他嚼了嚼,然后吞了下去,假装难以下咽。

我从藏身处走了出来,可他们只是瞥了我一眼。他接着向她解释,就像我不在旁边似的。他说,所有灵魂都是好的,因为坏事是手和眼睛做的,而灵魂没有这些。灵魂只会做一件事,那就是吹风。它们使劲吹呀吹,造出风来,风吹过石楠花丛,推着人下山,又推着人上山。因为那些等待上车和已经坠落的灵魂很悲伤,什么事都不想做,再也不属于人世间,所以它们才使劲吹呀吹。

三

在去看囚犯的路上,铁匠的儿子告诉我,只要养成跟囚犯见面的习惯,就能学到很多东西,而他这个人喜欢学东西。囚犯不会跟他说太多,因为他是铁匠的儿子。但如果我们两个人一起去,囚犯就会透露很多东西。我妻子不想去。她去过几次,但很快就厌倦了,因为囚犯让她感到害怕。她说她晚上会梦见他,然后第二天早上就会爬不起来。其实,她不想去是因为她不喜欢铁匠的儿子。他也感觉到了,就故意骂她是残废,惹她不高兴。我们朝洗涮区走去时,他告诉我:"泉水里的小虫会钻透皮肤,这事不是真的。很多年前，有人骗了村里人，而大家全都信了。如果说囚犯喝水后身上钻出了虫子，那是因为他真心相信传言是真的。只要你真心相信，事情就会发生。"他说："你等着瞧吧。"我很烦铁匠的儿子，但很喜欢洗涮区再往前的地方，那里的地面向下倾斜，越变越窄，最后在断崖与河道拐弯处戛然而止，从那里能看见上游乱石滩和马拉迪纳山。在离我们更近的另一侧河岸边，通往毛茛泉的岔路旁树影婆娑，藤蔓的叶子就在我们头顶，只要有一丝风吹过，那些叶子就会从上到下唱起歌来。

一看见我们，囚犯就摊开手脚，歪着脑袋装死。铁匠的儿子戳了戳他的肋下，说他必须接受惩罚，说是铁匠下的命令，因为他已经好几天没学马叫了，而全村人都喜欢听他叫。他逼囚犯喝水，水罐是他从家里带来的，刚才我们路过洗涮区，他就往里面灌满了河水。囚犯将水吞了下去。当他张开嘴似乎要发出嘶鸣时，铁匠的儿子又往他喉咙里灌了一大口水，仿佛他的嘴是水桶一样。囚犯呛得直咳嗽，舌头都伸了出来，脖子上青筋暴突。为了止住咳嗽，铁匠的儿子又喂他喝了些水，然后自己喝掉了剩下的一点水。我们坐在地上，但我不得不跳起来抓住我女儿，因为她试着把头从铁笼的栅栏间伸进去。那座废弃的铁笼就扔在不远处，她的脑袋伸进了一半,然后怎么也拔不出来。囚犯坐着一动不动,似乎停止了呼吸。过了一会儿,他开始呻吟。铁匠的儿子说:"你瞧见了吧?瞧瞧我,我喝了一样的水,还不是没事。"他嘴里有黏液的臭味。囚犯倒在地上后,我还能闻到黏液的气味。我女儿踢了踢他的一只脚,铁匠的儿子叫她别乱碰,说那人有狂犬病。在昏暗的光线下,囚犯的胳膊上似乎多了两个小点,旁边渗出了一圈液体,像血与水的混合物。铁匠的儿子看着我,不停地说:"你看我就没事,他有事是因为他相信传言。小虫一进肚子就死了,伤不了人。我经常喝毛茛泉的水,想喝多少就喝多少。"他站起来,伸出双手箍住囚犯的脑袋,告诉他,他喝的水里没虫,他不该信那些传言。既然他透露了这么重要的信息,那么作为交换,囚犯也该告诉我们村民是怎么扼杀欲望的。他问过很多人,问过很多遍,可没人愿意告诉他。囚犯低头看了看自己的胳膊,摇了摇头。铁匠的儿子箍住他的脑袋,狠狠拽了一下他的头发。随后,我们就离开了。

在我女儿跟铁匠的儿子在田间、森林或上游乱石滩闲逛的时候,我一个人待得无聊了,就会去看囚犯。我会坐在他身边,等到待腻了才离开。有一天,我什么都没问他,他却自己打开了话匣子。他告诉我:"为了活下去,你必须假装相信每件事。假装相信每件事,做别人要你做的每件事。"他从年轻时就被关进了笼子,因为他知道人生真谛并说了出来。不是那些无脸人所说的"真理",而是真实存在的东西。只有囚犯一个人让我觉得亲近。我妻子跟我在一起的时候,总是受不了我,而我女儿像疯了似的迷上了铁匠的儿子。我会等到洗衣妇们离开,再坐在囚犯身边。他的手指、脚趾都很长,黑色的皮肤覆盖在骨头上,且因为饱受日晒雨淋变得皱巴巴的。有时候,他半睡半醒,厌倦了放声长嘶,也厌倦了听女人们对他大吼,命令他学马叫。他跟我说话的时候,声音完全不一样,变得更像普通人。他告诉我,人生的重担源于我们一部分来自土,一部分来自风。他沉默了一会儿,然后告诉我,别跟铁匠的儿子混在一起,因为他妈是个畜生。接着,他反复不停地说:"人有一部分来自风,不像鱼儿那样只来自水,或像鸟儿那样只来自风。一个来自水,一个来自风。人是水做的,跟土和风生活在一起,过着被囚禁的生活。每个人都不例外。"他解释说,当村民来看他,带孩子来看他的时候,都说他是囚犯,可他并不是囚犯。他说,他活得跟其他人不一样,仅此而已。他说,他已经习惯了那样的生活——当他们认为他不再是人,把笼子移开后，对他来说还是一样，所以他留在了这里，因为对他来说，活在有栅栏或没栅栏的地方没什么差别，他就是自己的囚牢。他说，每个人都背负着自己的囚牢，一成不变，唯有习惯，因为听了这么久的水流声，看了那么多的河水流走。他说，流走的其实是他。他说："流走的是我，其他一切都保持不变。人活在土与风之间，由水构成，像河一样被囚禁着，脚底是土，头顶是风。河就像人一样，总是沿着同一条指定的道路前进，哪怕有时候洪水泛滥，就像人的心脏无法承受的时候，也总有自然法则让它重回正轨。"他说话的时候，眼睛没有看我。他眼圈通红，仿佛被火焰吞噬，只能望向前方。他似乎没法转动脑袋，仿佛头肩连接处已经僵硬不堪。为了看向我——虽说他很少这么做，他必须转动全身，呻吟不止，仿佛全身的骨头都令他痛苦。等他平静下来，觉得自己是生命之河的一部分，就像爬山虎的叶子随风起浪，就会举起一只手，闭上眼睛倾听。当他再次开口时，说出的每句话似乎都随波逐流，顺水而逝。他感觉话语在消逝，便说："我说的每件事，我说的每件事，我说的每件事都被水带走了，抛弃了。不管是男人还是女人，都体会不到我描述的感觉。"他说："那是谎言。"过去，他们不想听他说，现在则是他不想说。"他们说的全是谎言。那些人说，一条大蛇变成了这条河……他们想要相信，也需要相信，只要嘴巴被水泥封住，灵魂就会留在身体里。他们需要相信，只要眼睛被绷带缠住，孕妇就不会爱上别的男人，生下的孩子就会长得像爸爸。他们不知道，孕妇蒙上眼睛是因为孩子出生前就病了。他们不懂这一点，但我说的是真的。他们相信：必须从村子底下游过，必须在这么做的过程中死去；村子只能建在河上，而不能建在上游乱石滩或森林边；墓地只能设在马拉迪纳山脚下。根本没人见过卡拉魔，没人见过那个影子，没人知道卡拉魔的村子是一座村庄还是一朵云。守卫时刻保持警惕，但他们警惕的东西却无处可寻。他们继续让男人毁容、伤残，因为他们说曾有两个影子结合在一起。那是恐惧。他们想要恐惧。他们想要相信，他们想要痛苦，想要受苦，想要受尽折磨。他们用水泥噎死垂死的人，让那人直到咽下最后一口气都在受折磨，一辈子都享受不到美好的时光。要是岩石和激流扯掉了你的脸皮，那也是为了大家好。要是你一辈子都坚信河水会冲走村子，那你就不会去想其他的事了。去消除苦难，而不是消除欲望吧，因为只有欲望才能让你活着。这就是为什么他们那么恐惧。对欲望的恐惧吞噬了他们。他们想要受苦，这样就不会有欲望了。你小时候就被弄残了，他们把恐惧刻进了你的脑子，因为只有欲望能让你活着。在你长大的过程中,他们扼杀了你的欲望,对万事万物的欲望,这么一来,等你长大以后……"

他说着说着,夜幕降临,我就回家去了。我沿着街道慢慢走着,一切都在沉睡。我想起了铁匠的儿子。有一天,他告诉我,欲望在村里飘荡,他能感觉到。欲望压在他的胸口,让他心里沉甸甸的,血液焦灼沸腾,就像暴风雨来临之前那样。我在房门前停下脚步。在一片黑暗中,我能看见徘徊不去的飞鸟留下的大片污迹。有一天晚上,我躺在床上听河水流动,觉得囚犯说的是真的。我就像一条河,脚下是土,头顶是风。真正的河流已然停歇,我才是那个越漂越远的人,孤零零地漂在大河中央,河岸两旁长满大树。接着,囚犯向我说起了欲望。

他说:"我说的不是孩子的欲望,他们什么都想要。"村里所有女人都留着长发。从刚有村子的第一天起,他就在这里停下了脚步,他是最初停留在这里的人。他说完这话之后,我看不见他的脸,只能看见他脑袋投下的影子,就像去没灌水泥的死者墓地的那天晚上,我只能看见后妈头发投下的影子。所有女人都留着长发,直到……她们开始渴望某个男人。他说，如果丈夫发现了，就会开始抚摩妻子。她想要什么他就做什么，想要什么他就做什么。他会让妻子坐在自己的大腿上，嘴唇贴着她的脖颈。但首先，他会撩起她的长发，将其从她颈边轻轻拂开，拨向一侧。如果有发丝滑落，他就一根一根拈起，直到她的脖颈完全暴露。随后，他会把嘴唇凑上去，诱惑妻子说出那人的名字，那个男人的名字。他会一遍遍地发问。妻子不肯说，不肯告诉他，就是不肯。有些女人差点儿因此死去。最后，由于丈夫温柔的亲吻，加上光洁的皮肤感觉太棒，有些妻子迷迷糊糊地就把那人的名字告诉了丈夫。囚犯的声音很轻，轻到我要凑近才能听见。我意识到，我在做跟铁匠儿子一样的动作：用一只手的拇指和食指去扳另一只手的指头，就像要撕裂手指连接处的皮肤。囚犯告诉我，他们扼杀了我爸的欲望，在我妈变丑以后，在她蹲在新婚夫妇窗下号得最响的时候，在我爸把后妈带回家之前。他说，他们扼杀了我爸的欲望，也扼杀了村里很多人的欲望。

"村里到处都是这种人。他们扼杀了你的欲望之后，会温柔地看着你，仿佛你是个孩子。"他说，"一男一女在街头擦肩而过，互相望了一眼，欲望就这么产生了。老人的欲望被扼杀后，会比其他人更死气沉沉。丈夫逼问出那人的名字后，就会让妻子躺在床上，把另一个男人带过来，让那人躺在妻子身边，然后站在床脚看。如果妻子说出了另一个男人的名字，那人就不得不服从女人的丈夫。他们可以看着对方，但不能说话。具体要看是哪种女人：有些女人不肯看，有些则一直盯着看。时间一分一秒地过去，站在床脚的丈夫变得越来越像男人，躺着的两个人则变得越来越不像人。直到某一天，女人双手捂脸，发出尖叫。他们就是这样扼杀欲望的。如果有必要的话，他们会一点一点慢慢扼杀，每次最多持续一下午。如果女人没有尖叫，那就再来一下午。有时候，如果欲望格外强烈，整个过程会持续好几个月。当女人发出尖叫时，欲望会从那一男一女心中逃走。我亲身经历过。欲望产生了，但我不知道它是怎么产生的。我做了我能做的一切，生怕被他们发现。我不敢正眼看人，因为眼神会泄露秘密。千万别看。他们是从那个女人的眼神里猜出来的，我知道她受不了，马上就会说出我的名字。我能感觉到她摊开手脚躺在床上，浑身难受。我不知道是怎么回事，但能感觉到她的长发沉甸甸的，从她丈夫指间滑落，一遍又一遍滑落。那比日夜听河水流过还要糟糕，比学马叫还要糟糕，比其他任何事都要糟糕。仿佛他拂开的每一缕头发都在扼杀我，每一缕头发都是我生命中的一天，转瞬即逝的一天。仿佛我静静躺着,盐水从我的身体里、毛孔中流走。瞧瞧村里所有被扼杀了欲望的男人吧。他们的眼睛像马一样,不知道自己能活多久,不知道自己什么时候会被宰掉。在村里人来看我的时候,那些人通常站在最前排。他们跟我一模一样。"

四

有好长一段时间,我都甩不掉铁匠的儿子,只好尽可能地避开他。如果知道他要来,我就会离开家。我再也不去以前常去的地方,还会假装走一条路,然后突然拐上另一条路。可他无处不在,仿佛我在决定去哪里之前就告诉过他。如果我女儿没跟他在一起,就会漫无目的地游来荡去;如果她一整天都没看见他,就会扑到我身上,对我又抓又挠,哭着说想要他,想要黑夜。在我们睡觉的时候,她会偷偷溜出去,我就不得不去街上找她。最后,我只好由着他们去了。等我由着他们想干什么就干什么的时候,铁匠的儿子突然提起了绿窗。我看得出来,他很乐意聊这个,因为他感觉到了我很烦他。说起绿窗的时候,他用阴郁的眼神盯着我,装出遗憾抱歉的样子,但其实心里高兴得很。我渐渐了解他了。他背负着许多怨恨,因为他从一生下来就被迫过着那种日子。他知道怎么让我站到他那一边,虽说我并不希望那么做。有一段时间,他总是告诉我,我对他来说就是一只手。他不断重复,导致这句话在我脑子里打转,钻进了我的血液。等他感觉我被套牢了,就深深吸了一口气,我整个人便委顿了下去。我会抱着我女儿,问她是谁的孩子。她说,她是他的孩子。说完,她会久久盯着我看,眼睛一眨不眨,像平静的水面。他问我有没有看过绿窗后面发生的事。他说:"我看过。"我从来没有像那天那样,那么渴望抓住他,杀死他。我常常不得不克制住自己,压下想杀掉他的欲望。我想把他推下木桥,推到河里,或者拿斧头砍他,仿佛他是一棵亡者之树。那句话是他在收集红石粉的山洞里告诉我的。他一直想去那座山洞,可又不想一个人去。他坐在地上,我女儿坐在他膝头,呼吸着猩红的石粉。最近洞顶掉了不少石粉下来。在我和后妈为了钻进第二口井而开辟的洞口附近,就有一大堆石粉。洞里弥漫着石粉味和石楠花香。我女儿睡着了,他轻轻抚摩着她的头发,手几乎没有碰到她。我告诉他,还有另外一口井,从那里能听见水流声,但那条暗河的水没有出口。如果有出口的话,那天我们往水里投了那么多石粉,山洞外的河水也该被染红才对。他说,比树冢还远的地方有个泥花池，藏在沼泽尽头的草丛里，池里的水总是红彤彤的。花朵和池水一个颜色，仿佛它们为了生长，不得不喝池里的水。那个池塘看起来血淋淋的，是被红石粉和屠宰场老人宰的马的血染红的。他说，他认真观察过我的家。他说："等到有力气下床了，我就开始慢慢看东西，因为我的眼睛一次没法容纳那么多新鲜玩意儿。我想看东西。我什么都不认得，既不认得小草，也不认得其他人的脸。以前，除了父母，我从来没见过其他人。后来，我突然看见了一张脸，在户外看见一张脸，你大概没法想象那是什么感觉。我小的时候，人们会过来看我，但渐渐就不来了。我能看见的只有那堵墙，墙上爬满了爬山虎，还有采蜜的小家伙，此外就是我爸的罗圈腿、我妈脸上的紫斑。我现在不渴也不饿，以后再也不会又渴又饿了，可我的眼睛永远饥渴……"

我们躺在地上的那天，有些树枝在雾气前方晃动，但我们只看见了树枝，仿佛一切都已死去。他说："看看它们呀，它们在雾前的风里游泳，但其实根本没有风。如果你盯着它们看太久，就会弄不清它们到底是什么，以为只不过是河里细细的波纹变成了雾。我看东西的渴望源于我什么都不认得。我只记得你，而你是一只手。我能站起来走路的第一天晚上——因为那天他们喂我吃了东西——就出门去找你的家。那天晚上热得要命，院子里的麻袋底下藏着一条蛇。他们都说，紫藤根会把屋子顶得拱起，我好担心你的屋子会塌。你家的门上没有挂鸟。在我的想象中，每扇门上都挂着鸟。爬山虎的叶子还是黄色的，整面墙刚刚开始变红。对于植物，我只知道这一点：有些植物的叶子会变黄，有些植物的叶子会变红。我掀起窗帘，什么都没看见。接着，我发现你家有一级台阶坏了，就是中间那一级。白花和红花都有透明的叶子，上面都有粗粗的脉络。"他说："我什么都知道。"直到现在，我耳畔还会响起他说的那句话。他说："我知道，他们撬开你爸那棵树的时候，他指尖通红，头发倒竖。我知道，紫藤树干上有三道刻痕，是你妈拿刀刻的。我知道你爸死的时候我爸说了什么。某个人的只言片语就足以让我猜出一切。他们说囚犯会撒谎，你信吗？他们还说我爸总是对的，你信吗？我学到了很多东西，但我可以告诉你，我什么都不懂，只知道一点：只有发生了的事才算数。"

我觉得，他说出了很多我想过的事，仿佛他就是我本人。或许，他已经变成了我。因为这么多年来，他躺在床上，生活在床上，一直在想我的事。他说："他们都来过，全都来过。每个人都知道，你也知道。你家的大门永远敞开，他们进进出出。我告诉你，每个人都知道，你也一直都知道,从你爸还活着的时候就知道。没人想要他们,因为他们身上沾着血腥味。每个人都对这事保持沉默,因为这对他们有好处。你不敢去看,害怕去看,所以什么都不知道。你不知道她做了什么。她把绳子拴在他们的脖子上,跟他们玩。她就喜欢玩。跟她在一起的时候,他们就像变回了小孩。她把绳子拴在他们的脖子上,自己躺在床上,赶着他们转来转去,从一边转到另一边,直到累了为止。他们跑得越快,她就越快活。不过,她从来不哈哈大笑,我也从来没见过她大笑。我看见的那个人又高又胖,胸口凹陷,手软软的,像马一样。你有没有发现,村里的男人都很像马?我第一次看见一群男人聚在一起,就意识到了这一点……她一会儿拽紧绳子,一会儿松开绳子,有时候动动嘴唇,但从来不发出声音。不过,你能看出她在喊:驾……"

我们离开了那口井。外面起了风,把沙子吹进了我们的眼睛。我们开始往前走,风吹得我们弯下了腰。走到山脚下,他说:"你知道的。"随后,我们朝上游乱石滩走去,坐在日晷上,沉思了一整夜。第二天,他教我怎么用两根枯枝钻木取火。

五

在上游乱石滩背面的一座山洞里，住着一个手持木棒的男人。由于在无数个夜晚挥舞木棒，他的手掌一片猩红。木棒是他的武器，他以此为生。那人年事已高，无法再每天跟村里的小伙子对打。镇上的人给他送来了一个又一个小伙子，他手持木棒，收下他们。他身材高大，比所有小伙子都要高，头发花白稀疏，脚指甲像马蹄一样，又长又硬又黑。这是因为他会穿过山洞附近的粪坑，吸入臭气，从中汲取力量。他从小就是这么训练的，学会了坚忍地过日子。有一天早上，村里的一个小伙子醒来，感觉勇气爆棚，气吞山河，说想跟拿木棒的人决斗。他拿着削尖的芦竹竿去找老人，把老人从洞里喊出来，向他发起挑战，绕着他又跑又跳。老人慢慢走出山洞，问小伙子想干吗，其实心里很清楚他想打架。小伙子宣布自己是来决斗的，想要打败他。老人双手举起木棒，低头致意，宣布可以开始了。他双腿分开，稳稳地立于地面，避开了芦竹竿的攻击。有些时候，芦竹竿会擦过他的皮肤，可他毫无感觉。对决一直持续到小伙子倒地不起，他半死不活的，喘不过气来。老人看都没看他一眼，径直走进了山洞，等待夜幕降临。等到晚上，他将在小伙子倒下的地方继续操练木棒。小伙子回到村里后，像变了个人似的。如果说他一度热血沸腾，那么现在已经恢复平静了。后来，他过得比以前好多了。大家都说，洞里那个人能将弱者变成强者。在格斗过程中，他会用舌头发出尖锐的哨声，嘴唇因此变得越来越柔软。每天晚上他走出山洞，在空中挥舞木棒的时候，都叫嚣着，要让变成大河的毒蛇复活，让山峰变回平地，让人在出生前就死去。他挥舞着木棒，上下左右挥动，身体却纹丝不动。他们说，他能用双臂和眼神控制一切。老人在洞里住了五十多年，村里几乎每个男人都经历过木棒试炼。他们会给老人送去食物和粪便——是悄悄送去的，免得吵醒他。

铁匠的儿子说，他想去见见那个手持木棒的人。我们把我女儿留在日晷上睡觉，然后绕过了上游乱石滩。山洞口有一片空地，周围长满高草和灌木。我们一眼就看见了那个老人，他站得像树一样笔直，在头顶舞动着木棒。他嘴里嘟囔着什么，我们听不清，因为他声音很小。不过，我们听见了"圆"和"风"这两个字。他们说，坚忍让他越变越强，让他一辈子都能挥舞那根锃亮的木棒，击败村里的小伙子。木棒之所以那么油光锃亮，是因为经常被他握在手里，盘出了包浆。我们偷看他的时候，他平举木棒，左右挥舞，然后慢慢下蹲，扎了个马步。如果旁边有谁的腿，肯定会被敲个骨折。我们看到他停止操练，走进山洞，身体因疲惫而佝偻，仿佛在放下木棒的瞬间他就老了，脊梁也软了。如今，村里没几个小伙子愿意跟他对打。老人们都说，所有美好的事物都在迅速消亡。

我突然发现，只剩下我一个人，铁匠的儿子不见了，可我没听见他离开。夜空原本十分澄澈，但现在云朵开始聚集，河面上升起了丝丝薄雾，徘徊不去。我正在打量雾气，铁匠的儿子又不知从哪里钻了出来。他告诉我："我们得赶紧走了，我拿了老人的木棒，藏进了灌木丛。趁他发现之前，我们赶紧走吧。"我想，我去河边砍芦竹就是在那天早上。铁匠的儿子去接我女儿，送她回家。雾浓得不能再浓了，使河水陷入了沉睡。我朝办葬礼的河滨空地走去。天还没亮，但在太阳升起的方向出现了一条明亮的光带。我在想那个手持木棒的老人，想他的手是怎么变成猩红的，就像沾满了鲜血。

六

在河滨空地旁，河水从地底涌出，怒涛汹涌，但芦竹丛边的水面十分平静。我坐在长椅上，胳膊搭在木桌边，头靠在胳膊上，闭上双眼，假装我已经死了。我已经死了。我愿意一辈子待在那里，直到化为灰烬，被风吹散。我能想象出我的身体会是什么样子。不再是鲜活的肉体，先是变成硫黄粉，沾在蜜蜂肚皮底下，然后化为泥土，为花儿灌注新生命。一旦我的肉身解体，就会化作死亡，随风飘散，从一个春天到下一个春天，只有冬之死永存。我浑身上下都变得沉甸甸的。正当我感觉沉甸甸的时候，突然听见了水花溅起的声音。我抬起头，看见水面上起了一圈圈涟漪，涟漪又孕育出了更多的涟漪，仿佛有人在用扁石打水漂。涟漪不断扩散，直到消失不见。对岸的水绿幽幽的。多年前，我曾躲在那里偷看葬礼。当所有的涟漪全都消失后，我瞥见了芦竹丛边的一只手，一只浮在水面上的手，底下似乎有东西支撑。那只小手又白又扁，像一只胆大包天的蜘蛛。那只手抬了起来，随即又愤怒地落下，拍击水面。我走向芦竹丛，躲在后面，见一个姑娘从河里爬出来，穿上衣服。她从芦竹丛后面走了出来，将上衣塞进裙腰。她背对着我，裙子下摆差点儿拂过我的膝盖。她的脚十分苍白，小腿也是，高跟鞋是玫瑰色的，就像春天粉色的屋墙。塞好上衣后，她走出几步，然后突然停下，抬头看了看天。接着，她一头扎进了自己刚刚离开的水面，划动胳膊游了起来，边游边吹走雾气营造的幻象。其实并没有起雾，只是一点儿炊烟。她回到了刚才站着的地方，但这次是面对着我，抬起胳膊，双手拢起头发，往上捋起绑住。在抬起胳膊的时候，上衣从裙腰里滑脱出来，于是她重新塞了回去。就在那一刻，我不愿多想，也没有多想，陡然站了起来。我们凝视着对方。她站在我面前，双手依然高高抬起，我也站在她面前。我们俩就站在那里，眼对着眼，嘴对着嘴，心怦怦直跳。我不愿多想，也没有多想。我伸出了一只手，五指张开，想要触碰她，因为她是如此鲜活，而我想知道，她是不是真的存在。仿佛我想做的事传染了她，她也向我伸出一只手，五指张开。这就足够了。我们俩默然而立，指尖几乎相触，相隔的距离只有一片叶子那么近。晨雾越来越稀薄，仿佛河中央的水吞噬了它，而不是将它喷吐出来。我们还是那样站着不动。最后，她转身离开，我还站在原地，依然伸着一只手。她的头发突然松开，披散在后背，犹如夜色骤然降临，吓了我一大跳。铁匠的儿子曾对我说："你就是一只手。"我向前一步，踩进她留在地上的水渍，脚板使劲踹压大地，感觉浑身轻飘飘的，伸手撩起了她湿漉漉的头发，让发丝远离脖颈。在她的头发散落之前，这是给我留下印象最深的一幕。村里所有女人都留着长发。

丈夫会握住妻子的长发,一缕秀发悠悠下垂。我体会到了欲望的产生,那是我从未有过的感觉。仅仅是欲望,极其强烈,如岩石般孤寂。囚犯曾对我说:"瞧瞧他们,他们的眼睛像马一样,不知道自己能活多久,也不知道自己什么时候会死去。"

我砍了些芦竹,开始往回走。在半路上,我遇到了一群离开村子的人,没敢正眼看他们。刚踏上村里的第一条街,铁匠的儿子就跑了过来,说他爸要马上见我。我把芦竹递给他,叫他送回我家,然后匆匆赶往铁匠家。

七

铁匠让我帮忙捎个口信,因为他没法去见老爷。他告诉了我老爷的大宅要怎么走:过了桥,走中间那条路。过桥后共有三条岔路:第一条很不好走,要在乱石滩和河水间穿行,通往几座院子和乱石滩对面的村庄;第二条通向平原地带;中间那条路看起来平坦,但很快就要开始爬坡。我一个人出发了。我女儿肯定在上游乱石滩,跟铁匠的儿子待在一起。黄昏渐渐降临。当我朝山上走去时,山下很快暗了下来，但高处依然被光明笼罩。风卷起尘土，形成旋涡。我右手边是村里的田地和马厩，左手边是老爷的领地，地势平坦，无边无际。我告诉铁匠，老爷才不会信他的谎话——他在院子里摔倒了，所以没法爬山。但铁匠回答说，老爷什么都信。囚犯告诉过我，村里所有女人都留长发，每个女人都是。很快，山坡就遮住了马厩和河滨空地，只有河流清晰可见。水面依然平静，没有怒吼奔涌的融雪。有个孕妇朝山下一路小跑，我还没意识到，她就从我身边跑了过去，脚步声持续了好一阵子才消失。等到再也听不到脚步声，我回头望去，她只剩土黄色的影子，与大地融为一体。这时我才意识到，她的眼睛上没缠绷带。于是，我停下来思索了一番。来到高处，空气的味道变了，闻起来清新多了。大门两侧分别立着一块圆石，其中一块没有摆好，歪向一侧。门楣上挂着石刻的盾形纹章：顶部有两只面对面的鸟儿，其余的地方全是紫藤。我走进露天庭院，在跟我眼睛齐平的地方，有几支火把在熊熊燃烧。每支火把下面都刻着一只悲雀，大小只有盾形纹章上的一半。我觉得这一切似曾相识，便努力回想究竟是在哪里见过这一幕。接着，我突然意识到，似曾相识的感觉来自火把：那天晚上在树冢，同样的火光照亮了低垂的树叶。天空也跟那天晚上一样，只是现在蝴蝶还没破茧而出。我站在露天庭院里，抬头望天。天上有一弯银月，颜色好似斧头的利刃，两头尖尖，向内弯曲。一个男人走上前来，问我想干什么。我跟他说了铁匠的事，他立即喊来一个女人。她从小门里走出来，又穿过大门消失了，过了很久才回来，说老爷在等我。她带我走过一条宽阔的走廊，穿过一间巨大的房间和另一条走廊，最后走进了一个长而窄的房间，屋里弥漫着火堆熄灭后的烟味。屋子尽头摆着一张黑色扶手椅，老爷就坐在上面。他一看见我，就眯起眼睛，想要看清楚。他说他认识我，也认识我妈妈，我长得越来越像她了。突然，他猛咳起来，震得窗玻璃直晃。在咳嗽止住后，他问起了铁匠，不顾自己的胸口还在剧烈起伏。我说铁匠摔伤了。因为咳得太厉害，老爷眼里蓄满了泪。他用一根手指抹去泪水，甩到扶手椅外面。他的上嘴唇蜷了起来，双手紧握椅子扶手，想抬起身子，指节因用力都发白了。但身子才刚抬起一半，他就又坐了回去，说他不记得为什么要站起来了。他每说一个字，上唇都会翘起，嘴角微微发颤。他说，也许他可以把想跟铁匠说的事告诉我，毕竟是铁匠派我来的。他说话颠三倒四的。他说，他认识我妈妈。他还告诉我，他是被迫那样活着的，那样的生活是别人强加给他的，不过在他小的时候，他们没有给他扎耳洞，因为他妈妈说，双脚畸形就已经够他受的了。他说,如果能让他嘴里空空地离开人世,也许会更好。他说,他小时候总是打量别人的脚,不知道哪些脚才算正常,直到渐渐长大,他慢慢思考,才意识到每个人的脚都是该有的样子,唯独他的不是。说完这话,他摩挲着自己的膝盖,沉默了许久。月亮出现在了窗前,那是一弯残骸般的月牙。最后,老爷说:"当你不得不活着,带着畸形的下半身活着,至少该选择怎么死去。那个笼子里的人(那个囚犯,老爷喊他'笼子里的人')认识我,他是最勇敢的,永远直视前方。他常说:'既然你没法选择怎么活,至少该选择怎么死,你该自我了断……'可我做不到。有些事你自己做不了,除非有人帮你。这种事就包括按你希望的方式、在你希望的时候死去。死亡总是很丑陋的,就像那些在你身体里孵化的小虫,一直在等着你。那些耐心的小虫,只要一有机会,就会迅速完成自己的使命。笼子里的人不得不一连几个小时忍受折磨,忍受他的欲望被扼杀。有一天,他们告诉我,他想结束自己的生命。他想结束自己的生命,因为他活得太累了,总想着自己和村子,仿佛村子就是他,他就是村子。我想,在被关起来以后,他才开始真正地活着,因为他再也不能渴望任何东西,每样东西都是别人给他的,而不是他自己找来的……就像他们对你爸做的那样。我隔了很久才听说你爸的事。在山的这一边，传过来的消息总是支离破碎的，因为多年来形成了某种断裂。但即便是这样，所有的消息最后还是会传过来。有些人想做出改变，也许他们是对的。一切对我来说都没有差别。现在，我老了，只想要一样东西，那就是嘴里空着死去。我不想像你爸那样死去，因为他们对他做的那些事……我不想死的时候还被他们灌下东西。越是接近死亡，我就越不想那样，却又忍不住东想西想。"

他让我讲一讲我爸死前发生的事。我讲的时候，他不时伸手捂嘴，眼睛从手掌上方惊恐地望着我。我描述了他们怎么把他从树里拽出来，在黑夜里到处大呼小叫，每个人都举着火把，有个老人兴高采烈，嘴角流着口水，我还描述了他们是怎么了结我爸的。老爷告诉我，我还很年轻，而他在还年轻的时候，村民从来没看见过他的眼睛，因为他很少下山。他说："就是这个让我活着。永不停歇，永不停歇，一个女人接着一个女人，永远更喜欢下一个。那时，我不知道做人意味着什么，等我知道以后，就一心只想去死。"他眼神迷离地说："人有求生欲，也有求死欲，直到最后一刻都是。春天是如此悲哀。春天里，整个世界都在生病。植物和花朵就是大地的瘟疫，是腐坏的东西。如果没有那么多绿色，大地会更平静，没那么愤怒，没那么盲目，不会耗尽一切却渴望更多。那是绿色带来的痛苦。那么多的绿色，那么多的毒素。当风把一切，包括种子、麦粒和风觊觎的一切，从世界的一头吹到另一头，人就会饱受折磨。鸟儿为此做出了贡献，蜜蜂也是——它们能携带那么多硫黄粉，背上和腿上都沾上了，什么都比不上蜜蜂。笼子里的人曾说：'杀掉那些紫藤。'他经常那么说。我知道，他们往他身上涂蜂蜜。他经常那么说。他是个响当当的男子汉。他们说，他现在瘦得像根芦柴棒，脑子也糊涂了。某天早上，你从床上起来，会以为自己心里的欲望已经死了，但那不是真的。你这么想的时候，其实是一部分的你死了。心里的欲望可不会死，它们会继续存在，从一个人传到另一个人。它们总是这样，从一个人传到另一个人。"老爷挥着手，五指张开，从右挥到左。那只手皱巴巴的，布满斑点，关节僵硬，是上了年纪的老人的手。"总是从一个人传到另一个人，就像天上的水落到地上，就像河里升起的雾气，就像种子和麦粒。黑色的悲雀来了，然后白鸟也来了，最后被挂在门上。在悲雀飞走以后，马会呼唤它们。我来到人世，只是为了离开，只是为了这个。可我一来到人世，就没法像其他人那样走路，也许是最先宰马的人受了天罚。可我不想被灌水泥。我是村子创始人的后代。把你的手给我。"老爷的手又干又热。他突然咳嗽起来，比上一次咳得还厉害。刚能开口说话，他就指着小桌上的一个罐子，说想喝蜂蜜。白罐上画满了狗尾巴草，罐口探出一支形似蛇尾的勺柄。他舀出一勺蜂蜜，一点一点喝掉，说这蜜是苦的。"谁知道蜜蜂采了哪种生病的花？就像女人一样。据说，大河曾经是一条蛇——"他边说边把勺子插进蜂蜜，"——那条蛇……"他停顿了片刻，伸出舌头舔了舔嘴唇，舔掉粘在唇边的蜂蜜。"第一个在村里定居的人在山顶上杀死了那条蛇，拎起来一甩，甩到山上，山就裂成了两半。那人其实已经死了。虽然他的血还在流，但那死人般苍白的憔悴面孔、薄薄的嘴唇，加上奇迹般尚且挺直的腰杆，让他看起来死气沉沉。急着杀戮的人都是已经死去的人。做那些事的人都是已经死去的人。他是已经死去的人，只能做了不起的事。他和他的马融为了一体，因为他把自己所有的死气都传给了马。他从来没有意识到，自己从开始追捕大蛇的头一天就死了。大蛇一死就化作了大河，在不断滚落的岩石底下奔涌。从开始追捕大蛇的那天起，他的内心就已经死去。几年后，他的肉体才死去，被马践踏而死，就在山脚下，河道拐弯处，树冢附近。"老爷攥着我的手，说："等月亮变圆的时候，你会看见大蛇的鳞片浮出水面。在村子里，你还能听见那匹疯马的嘶鸣，因为那人一次又一次地逼着它追赶大蛇，就这样把自己的死气传给了马。"老爷捏着我的手，越捏越紧。当他滚烫斑驳的手紧紧握着我的手时，我闻到了河水和芦竹的气味，因为那只手并没有阻隔空气。他握着我的手，说他能感觉到死亡的分量，能感觉到一切在走向终结。他手里握着青春，却没法留住它。他说："一切都在走向终结，比如光明，比如我的肉体。肉体仍然将我束缚在大地上，正如大地束缚、包裹着树根。"他说，往事在他体内不断累积，岁月也是。往事层层累积，每件事都想占据头一位。往事在累积，岁月也是，在脑海中变得混乱不堪。在回想往事的时候，他不是想着最初的岁月，也就是小时候，也不是想着最后的岁月，也就是老了以后，而是想着中间的岁月，也就是中年时期。他的思绪无拘无束，从一个念头蹦到另一个。有时候，一切突然变得杂乱无章，他不得不闭上眼睛，两只手分别抵着两边的太阳穴。他说，他的头都快要裂开了。一切都让他感到窒息，在他内心深处沉沦，就像河流吞噬死者。但有时候在夜里，河水会翻出沉底的往事——那些支离破碎的悲伤往事，比飞出蛇嘴的白鸟还要悲伤。在蛇死去的那一刻，白鸟从它嘴里逃了出来，恍若大蛇的一声叹息。人从来没空去想自己愿意想的事。"你就这么告诉铁匠，听见了吗？"说完，老爷捏了捏我的手。"让他帮帮我，让他说服大家，因为我的想法跟他的一样，我们两个人其实很像。告诉他，让我自由地死去，别让他们杀了我。就这么告诉他，但别告诉他我跟你说了什么，我已经受够了苦。我没法像其他人一样走路，有时候我真想把脚给剁了。但我的心停跳了，心就是这样。"他掀开衣服，让我把手按在他胸口。"它以前从来没停过，一直都在跳。是心跳让我们活着。有时候它累了，会跳得慢一些，就像人一样；有时候它会怒气冲天，颤抖着停下；有时候它会融化。当血流过我的脚时，我的心就会停跳。接着，它又开始像疯马一样狂奔，仿佛往我身体里钻得更深，以便从今往后能跳得更有力。你就这么告诉铁匠，叫他别再摔倒了。有时候摔倒是坏事。总有一天，你会意识到，心必须独自过活，包裹它的一切都一文不值。我的心已经活过了。要是你知道它是怎么从春天活到树叶变红，又是怎么从秋天活到春天的，那就好了。"老爷松开我的手，但已经把高热传给了我。他说，蜂蜜会让人发烧，没有什么能像蜂蜜一样让人发烧，哪怕它是用生病的花酿成的。"告诉铁匠，是我让你通知他的。好了，你走吧。等你长成男人，就会像我一样喘不过气。你会记得我的手，开始走向死亡的手，记得它是那么枯瘦，已经不再像手。"

然而，老爷还是不得不像其他人一样死去。他们让他死在了广场中央。他们想看着他死去。当他的眼睛开始鼓凸，屠宰场的一个老人说："他想看见村子被河水冲走，而全村都看见了他被死神带走。"

我不知道河边那个姑娘在哪儿。

八

我沿着小路往回走，一切是那么孤寂静谧。男人们成群结队地在街上游荡。我无法甩开已经传到我手上的高热，也无法摆脱脑海中的那一幕：当我描述我爸死前的情景时，老爷用斑驳枯瘦的手抓着我，用空洞呆滞的眼睛盯着我，他的身影与另外两个人影融为一体——一个是喜欢看别人死去的男人，一个是在被拖走时高声尖叫的女人。我朝一群男人走去，有个人说，那天大清早，当太阳刚爬上石桥，朝河道拐弯处迸发时，他冒险走近了老人住的山洞，见老人站在空地中央，双手高举，冲着乱石滩和所有能听见的人大吼：你死定了！那声音传出好远。我离开那群人，凑近另一群人。那里有个人说，有人偷走了洞里老人的木棒。那人宣布，要是他发现了是谁干的，一定会把那个人脸朝下地按在地上，拿老人的木棒狠狠修理他，直到他血洒一地。另一个嗓音嘶哑的人说，他年轻的时候跟那位坚忍的老人比试过，从那之后，他就彻底改变了人生态度。在铁匠家门前，许多男人在议论纷纷。他们都说，那老人一辈子过得不容易，这么打扰他可不好，偷走他的木棒就等于偷走他的手。有个人提到，他还记得老人年轻时是怎么赢得山洞的，是靠跟两个手持木棒的男人决斗。那两个人挥动木棒试图压制他，可他身子纹丝不动就击退了进攻，然后给了那两人致命一击，占据了山洞。那两人躺在他脚下，被他干净利索地一手干掉了。在那个弥漫着紫藤花香的夜晚，男人说完最后一句话后，我眼前似乎浮现出了老人的手。这时，铁匠的声音压过了其他人。他告诉大家，没必要着急，因为他儿子刚刚通报说，老人已经找回了木棒，回家去吧，别再想这些了。有个年纪不大的小伙子，眼睛乌黑，脸颊凹陷，朝铁匠走了过去，伸手搭在他肩头。铁匠扭过头，瞥了一眼搭在自己肩上的手，然后直视小伙子的双眼。小伙子宣布："要是有人想折腾洞里的老人，得先过了我这一关才行。我们比试的那天，我划开了洞里老人的胸膛，鲜血从他身上汩汩涌出，可他只阻止了我的攻击。"眼睛乌黑的小伙子感叹道:"当我像所有人一样倒在地上的时候,他没有伤害我,而是将我留给了光明,教会了我什么是坚忍。"他把手从铁匠肩头挪开,接着说:"要是洞里的老人有个三长两短,我发誓会杀了那个囚犯。"他提高嗓门吼道:"那个家伙皮包骨头,一肚子坏水,比谁都坏。"另外一个男人,长得跟他差不多,也是黑眼睛、小平头,听了直摇头,仿佛前者说的话是针对所有人的。他宣称,他跟囚犯聊起过洞里的老人。囚犯说,如果那些小伙子被妈妈扎了耳洞后就不像男人了,那么他们在跟老人对打过后就更不像了。囚犯还说,竟然没人意识到洞里的老人有多高傲,他会丢下半死不活的手下败将,回洞里哈哈大笑。铁匠叫他别说了,又问他,囚犯到底是在笼子里说的,还是在已经不算是人以后说的。那人没能作答,因为脸颊凹陷的小伙子给了他一拳,揍得他倒地不起。村民们群情激愤,都说要把囚犯关回笼子。铁匠举起双手安抚众人,请他们回家去。他说,毕竟没有坏事发生,照他儿子的说法,老人已经找回了木棒,在大家还在担心的时候,老人已经回洞里呼呼大睡去了。就在这时,囚犯发出了一声几不可闻的嘶鸣。在黑暗之中,从村里的某条街上,也传来了一声绝望的嘶鸣。没有人知道这嘶鸣是谁发出的。

待众人散去后，铁匠让我进屋，在打铁炉边问我老爷说了什么。我复述完毕后，他回答说，他一猜就是。在我复述老爷的话时，铁匠伸出一根手指，慢慢划过灰烬，划出了一道沟壑。"不想灌水泥！像你爸一样！他们怎么就不明白，这是为了他们好呢？为了来世能过上平静的生活，他们必须保持完整，像活着的时候一样。他们怎么就不明白呢？"铁匠离开打铁炉，捡起一根我根本举不起的铁棒，开始怒气冲冲地敲击铁砧，吼声越来越响："他们怎么就不明白呢？怎么就不明白呢？"

九

不安席卷了全村。我能感觉到。每当村民被太多的欲望困扰，铁匠的儿子就会焦躁不安。不安像群山背后酝酿的暴风雨一样压在他胸口。晚上，囚犯告诉我，他的生命即将走向终结，就快结束了。他已经活够了。"河水、爬山虎，还有那些只想着一件事的洗衣妇。她们嘲笑我，因为她们相信我也只想着那件事。所有女人都等待夜幕降临，而那件事却远在天边。不是被河水卷走的，而是被我的血卷走的。我的血变呀变，越变越老，越变越稠。"他问我，是不是铁匠的儿子藏起了老人的木棒。我告诉他，找不到木棒的时候，村里有很多男人聚在一起讨论这事。囚犯说，他们只是耍嘴皮子。很多年前，村民虐待过那个手持木棒的人。那人百无一用，只会粉碎年轻人的力量与渴望。年轻人该感谢他，因为他消磨掉了大家过剩的精力。

我拜访老爷过后，又过了两三周，有个男人下山来，叫铁匠赶紧上山去，因为老爷希望铁匠陪在身边，帮他如愿死去。铁匠跟另外四五个男人一起上了山，还有两个壮汉抬着一副担架。后来我才意识到，就是在那一刻，恶魔被释放了出来，开始蹂躏村子，没人能阻止它的脚步。铁匠在穿过村子的时候，表情看起来像是停止了呼吸，跟我告诉他我爸进了树林那天一模一样。当他冲出去召集人群时，看上去像是着了魔。他们捆住老爷的手腕、脚腕，把他绑在担架上。山上似乎起了争执，有些人不希望老爷被带下山。他们说，老爷应该死在自己家里。不过，铁匠和跟班说服了他们，靠的是巧舌如簧加上铮铮铁拳。担架被抬到广场的一头，泥水匠刚好从另一头赶来。老爷用暗淡昏黄的双眼打量每个人，仿佛蒙住眼睛的荫翳刚被揭开。所有人都聚在广场上，村里干瘦的老妇人站在角落里，就在存放刷子的工具棚旁边。囚犯和马开始发出嘶鸣。没人听过那样的嘶鸣，异口同声，久久不息。铁匠一声令下,泥水匠就动手了。他们强行掰开老爷的嘴,开始往里面灌水泥。老爷的眼睛鼓凸出来,身子不停抽搐,胸口往上挺了两下。我身边的男人绘声绘色地描述了他们是怎么上山去接老爷的。老爷一意识到他们想干什么,就像恢复了青春似的,爆发出惊人的力气,跳下床想要逃跑。但铁匠抡起拳头,往他后脖颈上重重捶了一拳,他就失去了知觉。在被抬下山的半途中,他才清醒过来。他们说,他开始抽泣,仿佛他没有爸爸,只有妈妈,因为他的抽泣声比哪个女人都要响。几个年轻人凑近担架,想给老爷松绑。其中一个小伙子掐住了泥水匠的脖子,要不是另外一个人迅速将他打倒在地,猛踹他的肚子,泥水匠就会被勒死。村民们抓住了想给老爷松绑的几个人,让老妇人们帮忙看守。老爷开始拼命咳嗽,咳出了不少水泥。鲜血滴落在地,因为他的指甲戳破了手掌。随后,他的身体又抽搐了一阵子。等到一切平静下来,老爷已经气绝身亡。孕妇们开始尖叫,因为从山上下来的几个孕妇没被蒙上眼睛,想要挣脱身上的束缚。在老爷奄奄一息的时候,看守几个小伙子的老妇人们都冲老爷又是咒骂又是吐口水,只有一个妇人例外。她走到老爷身边,双膝跪地,轻轻擦去他嘴边的水泥,用手掌合上他业已呆滞的双眼,这样别人就看不见了。为了不让别人看见那双饱经痛苦的眼睛,老妇人跪在他前面,用粗糙的手掌按住他半闭的双眼,嘴里说着:"趁还来得及。"大家都为前往亡者森林做好了准备。壮汉们已经抬起了担架,胳膊伸得长长的,肘弯处青筋紧绷。

铁匠宣布,等他们从树冢回来,就把囚犯关回笼子。

十

村民们离开了广场,抬担架的男人走在前面,而铁匠则走在队伍最前方。他们举着火把,尽管马拉迪纳山和紫山背后还透着最后几缕余晖。大家刚走出村子,下游乱石滩右侧就传来了奔腾的马蹄声。铁匠举起一只手,示意大家停下。在他举手示意之前,队伍已经停了下来。当马快要跑到屠宰场的时候,铁匠转过身大喊:"是守卫!"三个男人驱马向前,马在担架前止步,低头啃起草来。中间的守卫没下马,说这次肯定没错,他们在黄昏时分看见了卡拉魔,近得不可能再近了。它们躲在灌木丛里,压低了身子,从一丛灌木爬向另一丛,声音轻得几乎听不见,就像它们没有腿一样。队伍后面响起了嘈杂的人声,因为那些村民一个字都听不见。中间的守卫指着右边的守卫说:"他看见了。"铁匠问是不是有很多，守卫说他也不清楚，但觉得有。铁匠转过身，面对村民，叫他们回家去找武器，用来保卫家园。他让守卫回去，又挑了几个男人跟他们一起去，叫他们多收集些木柴，在上下游的乱石滩之间垒几个柴堆。等到夜幕降临，要是他们收到消息说黑影在逼近，就点燃柴堆，吓跑它们。铁匠给了他们几支大铁锥，比用来扼杀孩子欲望的锥子长得多。看见黑影的那个守卫说，马已经跑累了，要是这么快就返程，马会累死的。铁匠就下令给他们换了新马。在大家纷纷返回村子时，铁匠叫住了我和另外几个人，说我们要做的第一件事就是把囚犯关起来。铁匠的老婆和其他几个女人跟我们一起去。在走到洗涮区时，她们开始哈哈大笑，还拿胳膊肘捅来捅去。铁匠气冲冲地扇了老婆一巴掌，正好扇在她的紫斑上，说现在不是笑的时候，等办完正事再说。他叫她先去休息，因为等卡拉魔攻进村子的时候，真正的主角才上场呢。女人们静静站在原地，没有离开。铁匠对囚犯说了几句话。我不记得具体说了什么，大概是他行为不检点，全村人都希望看见他被关进笼子；要是被关进笼子以后，他还对村里的孩子说不该说的话，他那条爱撒谎的舌头就有苦头吃了。在看守囚犯的男人们听铁匠训话的时候，我朝村子望去，突然发现有黑烟升起。起初，我并没有多想。看着袅袅升起的黑烟，我脑子里想的是那几个看见灌木丛里黑影的人。烟柱就像一根漆黑的树干，在空中越升越高。我不由得喊出声来："村里着火了！"其实，我原本是想说"村里有栋房子着火了"，但最终只是说"村里着火了"，因为在我看来，整座村子都在燃烧。正当大家准备保卫家园的时候，黑影放火烧了村子。每个人都转过身去看黑烟，铁匠的老婆和其他女人变得焦躁不安。究竟哪件事是先发生的，哪件事是后发生的，我既弄不清楚，也想不明白，更记不住。但最终一切都过去了。当我忘记一切，忘记自己，忘记身边其他人的时候，火又蹿了起来。铁匠家着了火，仿佛火和风都住在屋里。它们从窗户里冒出来，时而平静，时而猛烈。一簇愤怒的火苗蹿了出来，然后分裂成了许多条红蓝相间的火舌，有时只有清澈的火光，有时则被烟雾笼罩。烟雾在空中寻找方向，不知该往哪个方向飘，直到被风卷走。火焰绝望地呼喊着，像在嘲笑一切，被疯狂染成猩红。而囚犯……就在那时，他们狠狠揍了我。不是一个人，不止一个人。因为全是我的错，囚犯才得以趁机自尽。几天后，铁匠的儿子告诉了我是谁放的火。我挨打时的痛楚与烟雾混杂在一起，烟雾则裹挟着火焰疯狂逃窜，这一切都融入了村子底下的水流声，还有我挨打时的拳脚声。当我们望向烟雾的时候，囚犯悄无声息地投了水，钻进水底，被河水卷走，就在大家站着眺望乱石滩的地方。铁匠的儿子没有跟我们在一起。在囚犯被关进笼子的时候，他不在附近；在老爷被灌水泥的时候，他也不在广场上。我悠悠醒转，或者说是挨打后恢复了知觉，然后看见更多的房子烧了起来。烈焰越蹿越高，将天空染作猩红，像罩上了有色的浓雾。我后背很疼，尤其是右肩。我伸手抹了抹嘴，发现嘴边结了血痂。嘴里的味道怪怪的，我从来没尝过那种味道，混杂着尘土、灰烬和污水。我站起身来，发现周围只剩下我一个人。借着火光，我能看见在我大喊"村子着火了"的时候，囚犯投水自尽的地方。回村途中，我经过洗涮区，遇见了一个惊恐万状的女人。她从我身边跑过的时候说，他们在杀她丈夫，她实在受不了了。男人们在铁匠家门前打斗不休，我妻子缩在角落里，双手捂脸，显然是吓坏了。我朝那群人走去，但刚走到他们面前，就被一个我不认识的男人掐住了脖子。他说，村里的几个小伙子杀了洞里的老人，而我就是其中之一，因为消息是我妻子传出来的。他抓住我妻子的肩膀使劲摇晃，她说那是真的。她听见喊声，就停了下来，听见了那些小伙子是怎么杀死老人的。老人在呻吟，小伙子们在大笑。他们用老人自己的木棒打死了老人。她跑回村里报信，才发现屋子着了火。那个男人问她去那边干吗,她说她去马拉迪纳山看她妈妈的墓地。她经常去那边,回来时总是故意绕远路,希望能看一眼洞里的老人。她还在找女儿,因为她已经一天没见到女儿了。杀死老人的小伙子比她先进村。当她回到村里时,他们正绘声绘色地描述自己是怎么杀死老人的,边说边炫耀浸满鲜血的木棒,兴奋得直捶胸口。一切都始于大火。村民被守卫看见的黑影吓坏了,一群人把山上那个男人逼到了墙角,就是那个想掐死泥水匠的人。那人冲进了一间屋子,关门闩住,爬上屋顶,在上面发足狂奔,从一座屋顶跳上另一座屋顶,希望能逃出升天,可村民一直在后面紧追不舍。他告诉大家,那不是他的错,他只是被愤怒蒙蔽了双眼。站在街上的村民喊他下来,说:"我们不会伤害你的,快下来吧。"那个男人不停地喊,那不怪他,都是他的血惹的祸。村民继续喊他下来。几个钟头后,那人终于放弃逃跑,从屋顶上下来了。村民砸开了他的脑袋,可他还是没死,于是他们就把他倒吊在广场上的一棵树上,说他像一匹宰好的马。在回去继续打斗之前,他们推了他一把,让他吊在上面摇来晃去。就在那时,那个男人和我妻子……就在那时,铁匠的儿子攥住我的胳膊,把我拽走了,所以我至今都不知道……一切发生得太快了,时间让一切变得模糊。离开村子的时候,我们经过了老爷的担架，那副担架被丢在了空地上。铁匠的儿子叫我快走。马厩里涌出了一团烟雾，接着火苗也蹿了出来。当火焰与烟雾和狂风搏斗时，马蹄声越来越近。马撒蹄狂奔，几乎与我们擦肩而过，撞翻了担架和老爷，从上面踏了过去。整个大地都在震动，我捂住了耳朵。马跑过后，铁匠的儿子拽着我往前走。不知不觉间，我们来到了下游乱石滩。夜晚即将终结，四周烈火熊熊，净化了一切。火焰从铁匠家里冒了出来。他儿子平静地说："好了，就这样吧。"他告诉我，我女儿死了。他说："来吧，我带你去看她。"他领我来到马拉迪纳山脚下的墓地。虽然天还很黑，但夜晚即将终结。村里的熊熊火光照不到这边。他带我走向第一丛石楠花生长的地方，也就是小路起始的地方。她就躺在那里，侧卧在地。我把她抱了起来。她双腿蜷在胸前，身子侧卧。我抱她起来，带她回家，让她躺在桌上。铁匠的儿子一声不吭，跟在我们后面。

十一

铁匠不希望我把女儿葬进树里。他说，他打的铁环只可以给其他人用。我抱着女儿离开了家，她已经僵得像根木头，就像那张木桌。我的五脏六腑火烧火燎，仿佛夜里的大火在我体内燃烧。我从一群男人中间穿过,他们大多是从铁匠家过来的,其中一个人杀死了另一个男人,扭断了支撑他脑袋的颈椎骨。他们走得慢腾腾的,占了很大一块地方,仿佛街道对他们来说太过狭窄。他们走过以后,我回头打量他们。他们走起路来像行尸走肉,身子僵硬又紧绷。大火焚烧后的残垣断壁还在冒烟,几匹马一动不动地站在洗涮区附近,水中的倒影使它们的数量翻了一倍。许多马跑掉了,但有些被逮了回来,送回了围栏。我怀里抱着女儿,在下游乱石滩停下脚步,感到筋疲力尽。这时,铁匠的儿子走了过来,眼睛炯炯有神,皮肤仿佛一夜之间变得紧致又清爽。他在我面前停下,伸手抚过我女儿的脸颊,说他看见她出了村子,那些男孩在后面追她,嘴里喊着:"残废,残废。"他原本不知道她后来怎么样了,直到从马厩回来的路上,有个小男孩告诉他,她拼命逃跑,想逃离那些打斗的男人。刚离开村子,她就想回来,却被一群男孩团团围住。为了能逃掉,她一会儿跑到这边,一会儿跑向那边。男孩们在后面紧追不舍,边追边冲她大喊大叫。半途中,有个男孩朝她扔了一块石头,其他人也跟着扔了起来。所有人都朝她扔石头、抛泥巴,还围着她大喊:"去死,去死。"在快跑到墓地的时候,他们突然停了下来,她转身面对他们。男孩们沉默了一会儿，很快又开始大喊。接着，一个男孩从身边的小男孩手里接过一块大石头，怒冲冲地扔了出去。石头砸中了我女儿的额头，她应声倒地。然后，他们全都扑了上去，用石头砸死了她。她并没有觉得疼，因为第一块石头就把她砸晕了。我问他，是哪个男孩告诉他我女儿的死讯的。铁匠的儿子在我身边坐下，说要是看见的话他能认出来，但现在说不出是谁，因为他以前没见过那个男孩。女儿压在我膝头沉甸甸的，我也几乎没了生气。不是因为她死了，而是因为发生了那么多事，我却根本想不明白。她刚出生的时候，我并不爱她。妻子把她抱给我的时候，她看起来很奇怪，家里仿佛因此多了个讨厌的家伙。我想要逃跑，这样就不用看她，看那个显然是我造出的玩意儿了，因为人生是如此悲哀，降生是如此悲哀。我无法直视她。一切都让人感到那么痛苦，毫无生气。她的眼睛、她的双腿，我造出的肉体的每个部分，全都源于我，全都逼得我发疯。她哭的时候，我更想哭。我宁愿她没有出生，因为我知道等待她的是什么。是呼吸，是呼吸的痛苦与悲哀。万物由嫩变枯，由新变旧，月盈月亏，日升日落，狂风推动、撕碎、聚起又驱赶云朵，灰尘扬起又落下。只有入睡和醒来的悲哀。感受生命，却不知它从何而来；意识到它终将离去，却不知它为什么被赐予你，又为什么被夺走。你来过这世上,拥有过许许多多东西。而如今,一切都不复存在。我看见铁匠的儿子走了过来,而我都没意识到他刚才离开过。他扛着一把铲子,说是用来挖坑的。我们该走了。我站了起来,把女儿抱在怀里,因为挨打加上整晚躺在地上,我浑身酸疼不已。铁匠的儿子扛着铲子,我们一起走到马拉迪纳山脚下。我把女儿放在地上,她的双腿还像我发现她的时候一样屈起,因为死亡而蜷缩。我拿起铲子,叫铁匠的儿子走开。他说他可以帮忙,但我叫他走开。挖坑很艰难,不是因为地太硬——其实并不硬,只是掺满了小石子——而是因为我每铲只能挖起一点儿土。挖坑花了很长时间,因为脚经常要往下压,铲子锋利的边缘嵌进了我的脚板。我也不确定,自己挖得这么慢,究竟是因为脚心疼,还是因为每铲只能挖起一点儿土,抑或是因为只要多耗一点儿时间,女儿就能多陪我一会儿,毕竟挖坑的时候我可以看着她。让这一刻持续到永远吧!然而,墓穴还是挖好了,跟我双腿蜷缩的女儿一样大。我坐在墓穴前的地上,浓浓的泥土味飘了过来。我把女儿放进墓穴,让她侧躺着,因为她双腿蜷缩。我和女儿静静待了一会儿。

在泥土和石头的气味中,我眼前浮现出了亡者森林,浮现出了铁匠的儿子第一次蹦到我面前时的情景。当时我女儿正在熟睡,因为在过河的时候她一直紧紧搂住我的脖子,所以累得睡着了。我半闭着眼睛,后脑勺靠在树干上,而在我脚下,一只蝴蝶正在诞生。它拼命挣扎,不知自己能不能破茧而出,像花儿在枝头绽放。我看着熟睡的孩子和挣扎的蝴蝶,眼前突然冒出了铁匠的儿子那消瘦的双腿。那是我第一次在光天化日下看见他。我女儿感觉到旁边有奇怪的东西,就醒了过来——不然的话,她能睡得更久。铁匠的儿子等着蝴蝶破茧而出,然后把它递给了我女儿。她哈哈大笑,看着铁匠的儿子。蝴蝶拍打着翅膀,挠得她手心发痒。她笑着看着铁匠的儿子,两个人都大笑起来。在他俩齐声大笑的那一刻,我才开始爱她。我看着他们大笑,仿佛我并不在场,因为他们在笑,我却悄无声息。我只剩下了身后的那棵树。我失去了一切,只剩下那棵树。那只从未握过蝴蝶的小手握着蝴蝶。就在那一刻,我失去了一切。我静静坐在两人的笑声之中,伸手在我女儿脸上投下阴影,但心里真想杀了铁匠的儿子,满心满意地想杀了他。我挡住了照在我女儿脸上的阳光。

红日冉冉升起,阳光洒满墓穴,照在我死去的女儿脸上。她活着的时候想要黑夜,因为铁匠的儿子说,人只能在黑夜里看到阳光。我看着她死气沉沉地躺在那里,仿佛阳光逼着我看她，仿佛此前流逝的所有时光，所有我逃避看她的时光，都让我如今盯着她挪不开视线。她小脸朝天，身子侧躺。在濒临死亡的那一刻，她肯定是在朝上看。眼前的景象令我费解。她的嘴似乎在笑，一只眼睛半睁着，闪闪发亮，似乎也在笑。那是厌倦人生的老人的笑，他用这抹笑意掩饰一切。它似乎在嘲笑我，似乎想说服我，我相信的一切都是谎言，人生中只有一件事是真的——为能够死去而欢笑。我铲起一铲掺杂小石子的泥土，盖在她身上。然后又是一铲，一铲接一铲。我停下来，放下铲子，因为我突然想用双手触碰死去的女儿，发自内心地想要抚摩她。如果我没有摸到她，就会觉得她还活着，只是在装死，好让我去找她，去某个藏身处找她，她在那里活得好好的。她的面孔、她的脸颊……她还没有……她的腿死气沉沉的。我不知该怎么形容，也确实没法形容。她的五根手指攥得紧紧的。我拉起她的小手，试了好几次，想要扳开一根手指。我甚至没意识到那是我女儿的手，只是充满执念地扳呀扳呀，想把它变成我看见过的那只手——五指张开，平平伸展，就像那只漂在水面上的手，那只不会伤人的手。她的两根小手指非常执拗，因为它们已经死去，而我的手还活着。我又铲了些土，先盖住她的脚，接着上移到她空洞的双眼和小嘴。她刚能听懂人话的时候，我叫她张开嘴，她就会张开小嘴。我能看见她条纹状的上颚和不断抖动的小舌头。

我放下铲子，觉得自己该做些什么，但又不确定该做什么。我不由自主地走到下游乱石滩，捡回一块光滑的扁石，搁在她头上，然后铲土盖住了她。但她的一只手还露在外面，手上有条小黑虫在蠕动。她的血败坏了。那只手渐渐消融，只留下那些小黑斑。接着，那只手重新浮现，似乎想钻到黑斑底下去。她的手，张开时指节皱起，合拢时指节闪闪发亮。那只手朝我伸来。当我希望它伸过来的时候，它却不伸过来，或者在伸过来的时候，手心里停着一只颤抖的蝴蝶。铁匠的儿子正松开手指，放开那只蝴蝶。那是我们在森林里相遇的第一天，他俩在哈哈大笑。那只手渐渐消融，只剩下指尖，像被抹去的污点。随后，指尖也消失了。我铲起土盖住女儿，眼前浮现出了那个第一天、第一刻、第一夜。永远是第一天和第一夜，还有最后一天和最后一夜。我死去的孩子身上隆起了土堆，因为尸体对大地来说是个麻烦，坑里没法容纳所有的泥土。我抄起铲子，几下就拍平了土堆。我想，等村里的死者全埋完了，我就在地上摆一圈小石子，代表肥皂泡，再插上她在院子里吹泡泡用的芦竹管。我知道，时光和雨水会夷平土丘，肉体会溶解，大地会陷落，不留下一丝痕迹。小石子围成的圆圈会消失,被大雨冲散,被雨水淋湿。骨头,毫无用处的枯骨,最好统统消失。那里没有躺着孩子,曾经会呼吸的孩子。骨头怎么也不会消失,就像石头。周围弥漫着泥土的气息。太阳逃离,乌云飘来,细雨落下,但那更像是露水,而不是雨水。淅沥沥的小雨,不是从草丛里冒出来的,而是从远方高处的草丛里滴下来的。我抬起头,张开嘴,细雨让我闭上了眼睛。我是故意闭上的,好让雨水抚慰眼皮,滴进嘴里。我摊开手掌,手里还带着铲柄的温度,等待每一滴雨点落下,仿佛它是个惊喜。真的是惊喜吗?没错。小雨来自一朵飘过的云,雨水勾出了刚翻过的泥土的浓烈气味。泥土还不习惯空气或阳光,因为被带上地面而怒气冲冲。没错,就是这样。微不足道,只不过是生命的痕迹。现在我知道了。我历经艰辛才学到这一课。那就是,事情总会发生,但从来不会在我希望的时候发生。要是一切能够重来就好了,哪怕只有一瞬间,只有一次呼吸、一次死亡的时间也好。不要留下记忆。记忆毫无价值。确实如此。那天清晨,马拉迪纳山脚下的绵绵细雨,就像山顶上不知哪种草丛里滴下的露水。

第四部分

一

我要从村子底下游过去。在做准备的时候，许多人陪着我。我不知道他们是谁，也不知道他们是匆匆忙忙还是拖拖拉拉，是彼此交谈还是沉默不语。哪怕我试着回想走向洗涮区的情景，也想不起来。我只记得自己回过头，看见村里最后一栋屋子门口有两个女人，我在毛茛泉遇见过的那两个女人，一个眼睛鼓凸，一个长辫及腰。我还记得水流声。不知道是因为那两个女人，还是因为水流声，我想起了两种水，一种是好水，一种是不好的水。他们都想让我游过去，这事他们早有预谋。他们百无聊赖，要靠这事才能活下去。每个人脸上都写满了渴望，虽说他们也不清楚到底渴望发生什么。他们只是不惜一切代价，希望这事发生。我根本没有意识到，他们是联合起来整我的：所有的男男女女，甚至是孕妇，还有屠宰场的老人、血佬、无脸人，全被铁匠煽动了起来。那年的大型庆典开始得很晚，因为发生的那场骚乱，还因为村民需要时间舔舐伤口。我还记得那股热浪，不知从哪里冒出来的热浪，直到现在还能感觉到。还有那阵强光，好似灼目的夏日骄阳，劈开了村里弥漫的不安。那不是真正的不安，我也不知道到底是什么。热浪拍打着玫瑰色的墙壁，反射到我身上，晃花了我的眼睛。我一直在思索自己的人生，觉得它正在走向终结。宽阔的大河流过，淹没了河岸，抚平了草地，卷走了泥土和被岁月磨平棱角的石块。欢乐的清晨依旧存在，但我说不出是在哪里，也许是在芦竹丛中，也许是在树叶的沙沙声中，也许是在悲雀的羽翼振动中。那些鸟儿只绕着紫山转圈，从不冒险飞去马拉迪纳山。大家都聚在广场上，在那个男人被倒吊了三天的地方，树干和地上都沾染了暗渍。两个老人扶着火刑架似的树干。他们看起来像木头人一样，手指上不是关节，而是大树的节疤。我本该叫他们离开，或是拎起他们的衣领，令他们窒息。从我带女儿去毛茛泉的那天算起，似乎已经过去了许多年，但其实只过了没多久。我的人生中充满了成长的苦痛，包括我爸的死亡，他对我做过的一切，还有我身边发生的一切。因为活得太久，生活变得丑陋不堪。生活是一条永无止境的链条，男男女女走到一起，孩子从未停止出生。我妈曾经很美，然后有一天，不知发生了什么，她突然变丑了。大家都聚在广场上，赛跑已经结束，下河的时候到了。我抬头望去，只见老爷家窗户紧闭，爬山虎伸出嫩茎，攀上了窗台。孕妇们只露出下半张脸，坐在广场里的树荫下。我妻子爬上了大树，坐在树枝上，观察底下发生的一切，硬底鞋在高处晃动。铁匠的儿子一直躺在曾经放囚笼的地方。那场骚乱造成的后果显而易见：村里的男人变少了，树上多了些黑斑，烧毁的房屋正在重建。

我抽到了那根末端分叉的签，它几乎是被硬塞到我手里的。孕妇们抬起头来，嘴角带笑。广场上的一个老人说："喝吧。"他们给我强灌了下去，酒水下肚时灼烧着我的喉咙，还有我的全身。铁匠朝我走过来，拍了拍我的后背，说："别怕。"我不知道谁会陪着我，只看见了在毛茛泉遇到的那两个女人。她们一动不动地站着，眼睛紧紧地盯着我。有好长一段时间，我都能感觉到她们的目光灼烧着我的后背，既是负担，又是陪伴。我还记得，铁匠跟其他陪我的男人一道，走在我身边。不知从哪里冒出了一个孩子，拿芦竹竿在地上划了一条线,挥舞着双手大喊,不许我们越过。我们踩了上去,将那条线从中截断。小时候,一切都是通过断掉的线逃出去的。线是从内部断开的,一切都从断掉的地方逃了出去。我看不清铁匠,但能看见他的嘴——嘴唇如石粉般猩红,里面是一口烂牙。他的眼睛从不四处张望,但总能明察秋毫。那个划线的孩子站在路中央,我最后一次转身回望的时候,又看见了他。我们走到河边,与水面齐平的地方。我没有脱衣服,只是走到河岸边缘,不知自己为什么会在那里。我的嘴里弥漫着浓浓的酒味,血全都涌上了额头,血管一跳一跳的。铁匠帮我脱下衣服,说:"我得照顾好你……"他慢慢脱下我的衣服,他的身影挡住了阳光……我站在水边,背对大家,觉得自己似乎比出生前还要渺小。一只大手推了一下我的后脑勺。在落入河里前,我瞥见了铁匠的儿子。他站在河对岸,面对着我。

二

我觉得自己化成了水,我的血肉之躯跟衣服一起留在了岸上。河水直把我往下拽。由于手脚毫无感觉,起初河水把我拽了下去。灌下的酒水并没有抚平我的恐惧,只是让我手脚麻木。当我从黑乎乎的暗河里浮出水面时,午后的强光还印在眼底,所以我什么都看不见。紧接着,眼前的黑影变得支离破碎。正当我觉得要完蛋了的时候,一块巨石挡在了前方。我紧紧抓住它,双腿和胳膊似乎又活了过来。我想到,也许酒水只是最初让人麻木。我闻到了浓浓的青苔味,手底下的石头黏糊糊的,好似鼻涕。

我爸的手很大,上面长满了汗毛,手上皮肤干燥开裂,指甲根部有白色的月牙。在我小的时候,我爸就用一只手按着我的后脑勺,把我往前推:"快点儿长大,你这讨厌的家伙。"如果我在饭厅,他就把我推进院子;如果我在院子里,他就把我推进饭厅。我妈说我爸变了,变得很怪。每次他离开家,接下来都会有两三天见不到他。他总会回来,言行举止也跟过去一样,但每次离开的时间变得越来越长。就是在那个时候,我妈开始在新婚夫妇窗下发出凄厉的号叫。她怒气冲冲,有时呜咽着抱怨,说我们再也见不到我爸了。我爸每次都会回来,但我总担心他不回来。我会坐在门后,竖起耳朵,后背紧贴门板。每次我爸出现,我妈都会告诉他,他还不如永远别回来呢。让他走吧,别回来了;让他走吧,别回来了。我背靠大门,毫无睡意,听着街上的声音,小声说:"别回来了,别回来了。"他开始说想要自杀,想要自我了断，这样我们就再也不用见到他了。总有一天，我们会在家里等着，却永远见不到他了。他看着我们，说他要自我了断，自杀的时候他会哈哈大笑，想起我们会等着他，却再也见不到他了。从那时起，我妈就变丑了。

河水寒冷刺骨，我用没扒住巨石的手摸了摸石头表面。起初我觉得恶心，但很快就喜欢上了那种感觉。我能感觉到巨石抵着我的后背，黑暗的气息滚滚涌出。我爸常说，为了活下去，必须像死人一样活着。他说这话的时候，似乎不是对任何人说的。当时，我后妈坐在桌子上穿花，一朵接着一朵。后妈第一次跟我们回到家，我妈就开始变了，她说……不，那是在后妈来之前，我爸第一次说想自杀的时候。没错，在后妈出现的时候，我妈已经不在了。是的，我妈已经过世了。我意识到，我爸刚跟后妈在一起的时候就变了，变回了多年前的那个男人：回到家时快活极了，眼睛闪闪发亮。但后来，他在进屋时变得步履蹒跚，脸上总挂着同样的表情。我妈去世后，我爸告诉我："为了活下去，你必须像死人一样活着。"第二天，我就被蜜蜂追着游过了河，去看我从没见过的树冢。我爸越来越瘦，他说他睡不着觉，在某些晚上，他额头上毫无生命的伤疤似乎还活着。他变得很瘦很瘦。那棵树在吞噬他，就像黑暗在吞噬我。我摸了摸黏糊糊的巨石，摸了一遍又一遍。河水撞击巨石，激起浪花，冲得我摇来晃去。我觉得没时间了。我是说，时间已不复存在。时间只不过是创造了明暗与变化。我想挪动身体，越过巨石，翻到另一边去，看看有没有……就在我想"有没有"的时候，一个大浪打过来，把我卷走了。我就像一粒微尘，被大浪裹挟着顺流而下，直到被某样东西拦下，双脚也被缠住。青苔的气味在我鼻子里扎了根，比刚才还要浓重。我想把脚从芦苇丛里拔出来，可就是办不到。我越是努力挣脱，它们缠得就越紧。我的胸口滋生出了某种可怕的东西，好似一个肿块，里面装满了对生活、对众人、对未知的恐惧。我胸口中央有个充满痛苦的肿块，被根系似的神经牢牢固定住。芦苇根将我越缠越紧，像绳子一样。

她曾叫我给她搓一根绳子，就在她跟我们一起度过的头一个冬天，但我没理会她。我爸去世后，我睡在她的房门外，好倾听她的呼吸……河水从我被缠住的双脚间流过。河流在大地上绕圈，像一条想衔住自己尾巴的大蛇。她让我进了屋，进了她跟我爸睡觉的房间。不，我爸已经死了。她打开一个盒子，掏出一根绳子，说："它已经很旧了，明天你给我搓根新的。"一根，两根，很多根。她塞给我一些麻纤维，叫我多搓点绳子：细的，粗的，要很多很多根。我给她搓的绳子盘在盒子里，像小蛇趴在老蛇身上，底下是她妈妈的绳子和小时候给我扎耳洞用的锥子。我们要孩子的时候，她用指甲狠狠挠我，把我的脸挠得鲜血淋漓。她说，没人给过她孩子。一听见我进屋，她就躲起来。要是我喊她，她就跑出去，有时一晚上都不回来。她会去看手持木棒的老人跟村里的小伙子对打。她会躲起来偷看，听老人卷起舌头发出尖锐的哨声，听他说那些她听不懂的话。等老人返回山洞，留下小伙子躺在地上不省人事，她就从草丛中的藏身处溜出来，狠狠踹男孩的肋骨。

我的腿被缠住了，四周一片漆黑，村子压在我头顶，一群男人等着我浮出水面。我本想留在那里，留在芦苇丛里，留在冰冷的河水中。我又渴又难受，便喝了些河水，然后觉得更渴了，因为饥渴来自我内心深处，来自我胸口的肿块底下、水没法触及的地方。我的舌头肿了，酒味越来越浓，嘴里又咸又酸。我伸出舌头舔了舔牙，发现嘴里都是那股味道，越来越浓，从咸酸变成了苦涩。我下意识地摸了摸自己的牙，还有已经呆滞的双眼，仿佛是别人想摸摸我的牙齿和眼睛，看是不是沾上了黏液，那黏液来自被水流撞击的巨石，那水流源自大地深处。黑暗是如此浓稠，仿佛黑夜从石缝间奔涌而出。那黑暗源自我体内，没人能驱散。我动了动腿，纠缠不休的芦苇根似乎缠得没那么牢了。我抓起什么，俯下身子。河水真冷！我割断了许多芦苇根，有些相当顽固，有些则已腐烂。我一点一点地掏空了周围的芦苇，仿佛在挖一口水井。当马上就能逃脱那座牢笼时，我却没有逃出去。我眼前浮现出了我女儿和铁匠的儿子。那是我第一次过河时的情景，不是一个人过河，而是跟女儿一起。她站在狗尾巴草丛里，腿上粘上了蜘蛛网，嘴里喊着："快弄掉，快弄掉……你知道的，你明明知道的。"

我费了九牛二虎之力，才摆脱了那丛芦苇，虽说有些芦苇还想抓住我。时间不多了。我也不知道自己在芦苇丛里待了多久。我和河水都在村子底下，全身上下都在燃烧，被冰冷的水流裹挟着前进。我伸手摸到了什么东西，便紧紧抓住不放。那是一条紫藤根，从上面钻下来的。那些顶得屋子拱起的紫藤根想喝水，就钻到地下来，寻找流动的水源。我紧紧攥住紫藤根，仿佛它是我的朋友，是囚犯的手，仿佛他从那晚起一直在等我，因为我大喊"村子着火了"，他才得以摆脱折磨。我觉得头脑越来越清醒，又变回了我自己，有了能游动和行走的手脚。紫藤根旁的一切都格外幽暗，比被我甩在身后的黑暗还要幽深。岩壁黏糊糊的，青苔好似青草。我顺水而行，双手拂过青苔，将它们抚平。这块巨石比前一块更黏糊,似乎所有蜗牛都在上面留下了黏液,所有蛞蝓都在上面留下了白沫。这块巨石是一张蛇皮,大蛇和河水其实是一体的,这条死亡之河杀死了那么多从村子底下游过的人……我恍如大梦初醒,感觉有个东西在逼近。那是一种障碍,一股臭味。我屏住了呼吸,仿佛那东西只活在我的脑海中,仿佛只要不呼吸就能杀死它。它和那股臭味向我逼近,越来越近。我瞥见黑暗中有个更黑的影子,还有一道微弱的光亮。因为害怕那个散发臭味的东西,我松开了手中的紫藤根。河水将我卷走,将恶臭甩在身后。我发现手脚又麻木了,忍不住大喊出声,仿佛有人能听见我的呼喊,来助我一臂之力。可我还是孤身一人,额头被石笋锉烂,被尖棱划伤。洞顶越来越低,河水已经快要没顶,也可能是水位上涨了。我嘴里的河水掺杂着血腥味。汹涌的激流将我冲上了一块巨石。无论我是在那里歇息片刻还是长久停留,我的生命都已经结束了。我的五脏六腑在燃烧,而周围全是冰冷的河水。我能听见水流在涌动,觉得可能是瀑布。我只能感觉到水,流淌的水,还有剧痛的额头。一切都在移动,河流在变宽,洞顶在上升,仿佛它是树脂做的,会在水中溶化消失。我唯有静静等待。巨石十分温暖,而我已经死去,时间已不复存在。

我感觉一股暖意涌入了身体，像是呼吸传来的。我把手伸向熟睡的老爸嘴边，等到他吐气，再把手挪开。有一天下午，我爸坐在椅子上，在院子里睡着了。他头上的伤口还很新。虽说他睡着了，但我想看看他的眼睛，看他能不能透过眼睛的缝隙看见我。我蹑手蹑脚走到他身边，俯下身子望进他的眼睛。他还在睡，半睁的眼睛像在瞪视什么。我张开五指，伸到他眼前，可他没有动弹。他似乎看见了我，但其实并没有。他呼吸深沉，喉咙里咯咯作响。我在他眼前晃了晃手掌，然后把手搁在他嘴巴前面。他的呼吸一起一伏，非常温暖。不久后的一天晚上，我看见……是在梦里看见的，当时我清醒极了。院子里有块绿色的亮斑，我妈的蓝围裙铺在桌上。那天晚上，我发现院子里的灯光也是绿色的，桌上的围裙则是蓝色的。午后与夜晚融为一体。我爸躺在院子中央的椅子上，雾气环绕着他的双脚，包裹着他的双腿，而我想看看他的眼睛。我像那天下午一样心惊胆战，生怕被发现，生怕他醒来。我伸出手掌在他眼前晃了晃，他似乎没看见，尽管他眼睛的缝隙透出了亮光。当我厌倦了俯身看他的眼睛时，就把五指张开的手掌凑到了他嘴前。在这么做的时候，我想起了笼罩他双腿的雾气，却不敢看。结果，我不得不抽回手来，因为我爸的吐息滚烫炙热。我低头瞥了一眼刺痛的手掌,只见它又宽又大,颜色猩红,就像持木棒的老人的手。我直往后退,但还能感觉到我爸灼热的吐息,就像一阵炙热的风。我不停地换地方,在院子里躲来躲去,但我爸的椅子转来转去,仿佛四条椅子腿没有固定在地面上。他的呼吸一直追着我,越来越烫。我不知道自己是怎么走进饭厅的。从饭厅里望去,一切都显得好遥远。我爬上楼,关上门,躺上床,心怦怦直跳。我昏昏欲睡,具体情形不记得了。我看不见门,因为门在床头那边,躺在床上看不见。门在我脑后,我看不见,只能看见面前有个火圈,就在床脚,是余火的赭红色。余火周围渐渐形成了一个黑环。黑环成形后,我才闻到木头燃烧的味道。我不明白为什么会看见这些东西,这些本不该看见的东西。余火中央出现了一个洞,洞边的周围全是灰烬。随着黑环不断扩大,余火跟着扩大,洞也越来越大。洞中央出现了我爸的嘴,他的呼吸炙烤着房门。我突然意识到,原本在身后的门如今出现在了面前,就在床脚,而我爸的呼吸接下来就要灼伤我了。就在这时,我喉咙里响起了一阵咯咯声,就是我爸那天下午在院子里发出的声音。

我陡然惊醒,满头大汗,颤抖不止。我无法阻止双手颤抖,也无法阻止前臂迅速肿起一块,仿佛皮肤底下住着一只小兽。巨石十分温暖,像呼吸一样温暖。我想知道这块巨石有多大,便试着探出一条腿,看脚尖能不能够到石头边缘。可我好像没了腿,只有肿胀。巨石十分温暖,仿佛有一股平静的热流从中涌出,附着在我脸上黏糊糊的。有好一会儿,我忘记了时间,只觉得寒热交织,喉咙咯咯作响。躺在巨石上面,我自己仿佛也变成了石头……我四下看了看,想闭上眼睛,却怎么也做不到。在"时间不复存在"的那段时间里,我的额头越来越疼,不禁发出了呻吟。我本想摸摸疼的地方,弄清额头到底怎么了,却抬不起胳膊,只能平躺在巨石上。我本想永远待在那里,但把我冲到那里的河水又把我卷走了。那是真正的激流,更加愤怒,也更加狂暴。它将我卷起,把我冲走。就在快要撞上洞顶的时候,我感觉前方的洞顶变低了,就像之前快被河水没过的洞顶。河水逼得我再次向上浮起,仿佛要把我献给洞顶的岩石。我感觉额头被撕裂了,整个额头都裂开了。我爸在发怒或天热的时候,额头上已经愈合的伤口看起来像在流血。给我包扎伤口的某人低声说:"他额头的皮肤全被扯掉了。"

三

在他们解开蒙着我的眼睛的绷带时,光线实在太刺眼,我想闭眼却办不到,只好抬起胳膊遮住眼睛。有个老妇人——当初对老爷破口大骂的那群妇人中的一个——告诉我,我从村子底下游过去的头几天一直在发高烧。她还说,我提到了囚犯。我伸手摸了摸额头,发现少了一侧眉毛。老妇人平静地看着我,双手交握搁在身前,叫我不要碰伤口,因为皮肤还没长好。她个头矮小,脸颊凹陷,深深地嵌在土黄色皮肤上的皱纹从眼角一直延伸到下巴。她嘴巴大张地盯着我。我刚站起来的时候,双腿差点儿瘫软。我出于本能朝村子走去,走着走着,两条腿又学会了走路。我一站起来就离开了,没对照顾我的老妇人说一句话。刚走到村口,我便扭头朝马厩走去。养马的围栏已经重建,也得到了加固,但马厩还是跟着火那晚一模一样。我记得,我在办葬礼的河滨空地停下脚步。在刺眼的光线下,一切都显得模糊不清。远处行走的那个男人似乎只存在于我的脑海中,但我的思绪无法聚焦。我走到河水平缓的地方,芦竹丛纹丝不动。在那里,我看见了马拉迪纳山山顶的枯树。在我左手边较远的地方,是暗绿色的亡者森林。更远处是更高的山峰,一山更比一山高。我坐在河岸边的长椅上，胳膊架在桌边，头枕着胳膊，低头望向自己的脚，然后伸腿动了动，踢起一点儿土。接着，我猛地一跺脚，桌子都颤了颤。我站起来，抬起胳膊遮住眼睛，朝水中的芦竹丛走去。水面上到处是枯叶和灌木，芦竹丛边缘还漂着一段浮木。在背阴处，绿色的河水看起来黑乎乎的。我俯下身子，四肢着地跪下，上半身悬在水面上。脑袋在河面上，身体在岸上，双手插进泥巴。我保持这个姿势待了一会儿，凝视着河对岸。随后，我朝水里望去，看见了我爸的脸。

我回到家时，天已经黑了。门开着，我妻子站在院门口。我站在她面前，她却不肯看我。等她终于肯正眼看我了，只看了一眼就背过身去。清晨，我离开了村子，一直走到他们把我推到河里的地方。天色开始渐渐变粉。铁匠的儿子已经躺下了。从远处望去，不知他是睡着了，还是能看见我。我走回村子，出门干活的男人们从我身边经过，但都对我视而不见。他们彼此寒暄，互道"早安"，仿佛我只是个影子，微不足道。那天晚上，我去找铁匠的儿子。他叫我不用去看他，说他谁都不需要。他说，他整天都想着那场大火，想着放火的喜悦，放火烧掉马厩和他家，烧掉他爸的房子。他说，其他房子的火不是他放的。一切都始于小伙子们杀了手持木棒的老人,但他要对那场杀戮负责,因为他让人们意识到,要是没了那根木棒,那男人还不及虚弱的老太婆。要是那天晚上他没藏起木棒,老人说不定现在还活着。他说:"我这个看起来半死不活的家伙,却杀了半个村子的人。"他凝视着自家燃烧的房子,生出某种无法解释的感受,仿佛他是一切的主宰,能向每个人发号施令,能让大家都向他鞠躬、听他的吩咐。有些人在泼水灭火,有些人在砸碎老人的头颅。火舌和烈焰直冲云霄,映得黑夜熠熠生辉。他声音清晰地说道:"我这个一辈子都躺在床上、没东西可吃的家伙,现在却成了管事的。我爸那个罗圈腿,打铁打得指甲黑乎乎的家伙,只知道跑来跑去,连囚犯都关不住。现在,我把自己变成了囚犯,不被关进笼子就誓不罢休。"全村人都会说铁匠是恶人,竟然把自己的儿子关进笼子。他凑上前来,盯着我的脸说:"他们把你的脸弄成了你爸的样子。幸好你女儿不在了,不用看你这张已经不是脸的脸。那孩子是大家的孩子,你也知道她是。你这个从来没饿过肚子的家伙,一向乖乖听话,逆来顺受;而我,铁匠的儿子,一直病恹恹的家伙,放火烧了我爸的房子,做了一整晚的管事人。"囚犯总是说,人一部分来自风,一部分来自土,可放火烧村的是铁匠的儿子,村民却认为骚乱始于一些人想要下葬时灌水泥,而另一些人不想。他要做的就是趁大家心思在别处时放上一把火。他说:"我们再也没有手持木棒的男人了,但会有一个新囚犯。我爸再也不会拥有曾经的房子了。当我躺在床上的时候,我想要的一切都渗进了墙壁,随它们一道死去。"他让我摸摸他,确认他还活着。他说,他还要活上好一阵子,好记住那天晚上的情景。那天晚上,所有人都争斗不休,他则在村里游来荡去,心里快活极了,说不出地快活。他说:"别想了,你得相信,不管是有头有脸还是没脸没皮,都没什么差别。要是你像我以前那样被迫活着,是死是活根本没差别。还是学着钻木取火吧。学会点火,你就会快乐。大火能毁灭一切。"

我想起了一种小兽,它有四条腿和长尾巴。只要我假装没看见它,它就会任由我抓住。等到它不再挣扎,我就托起它柔软的肚皮,把它拎起来弄死。它的眼睛会鼓凸出来。我之所以会想起那种小兽,是因为觉得有人在跟踪我,而且不止一个。不过,瀑布隆隆的水声让我听不清他们的脚步声。我之所以听见了脚步声,是因为有一根树枝折断,接着是另一根。在村里,人们假装看不见我,对我视若无睹,仿佛我已经死去,而且不仅仅是死去。这么一来,他们就可以快活地猎杀我，让我的眼睛也鼓凸出来。那种小兽的眼睛是蜂蜜色的。我还不知道自己想去哪里，就不由自主地朝毛茛泉走去。我能看见前方高耸的群山，左边是大河和我小时候喜欢的大树——那些在风中摇曳的大树，从树根到树梢都在摇摆，在黑夜里向上生长。每次听见树枝折断的声音，我都会急忙转身，在下一次听见声响时又急忙转身。在树枝折断的时候，我似乎看见有个人影躲在树干后面。凡是绿色的东西，枝叶繁茂的东西，都在黑夜里生长：不是在阳光下生长，而是在夜里秘密生长。我也躲到了一棵树后面，等了一会儿，但什么都没听见，只有瀑布隆隆的水声。在没有月亮的夜里，河水一片漆黑。随着离毛茛泉越来越近，小路渐渐远离了河流。我又躲了起来，好甩掉身后的人影。人影从我身边经过时，我觉得很像我妻子。如今她已经不住在家里了。我抬起胳膊，遮住眼睛。过了一会儿，我又开始往前走。毛茛泉旁边有人，我便爬上了开着白花的藤蔓生长的地方，蜷缩起来。从那里连树干都看不见，周围安静极了，只能听见瀑布的水声，还有泉水溅在石头上的微弱声响。凉爽的微风袭来，藤蔓的叶子彼此摩擦，沙沙作响，像在相互交谈。在离我很近的地方，似乎有个人在动。也可能是两个人。一切都那么幽暗，而且似乎越来越暗，仿佛黑暗在不断滋长，从彼此摩擦的叶子中涌出。我闻到了泉水和花朵的味道。泉水奔涌的声音中断了一会儿，我猜是有人在掬水解渴。接着，水声重新响起，震耳欲聋。我侧耳倾听，听见有人在呻吟，但不是因为疼痛，呻吟与水声交织在一处。我离开藏身处，往下一跳，不知会落到哪里。我能感觉到那个人影，虽然看不见，但能感觉到，还能感觉到泉水喷出的凉气拂过我的脚趾。那个人影朝我扑了过来，掐住我的脖子，紧紧抓住我。不过，我设法甩开了它，撒腿就跑，不知不觉跑上了远离毛茛泉的路。人影紧追不舍，但我跑得更快。直到我跑回河边，那个人影才停下脚步。它不是从一开始就跟着我的那个影子。我听见它转身走回毛茛泉。瀑布的水声越来越小，最后彻底消失，只剩下树丛旁河水流动的声音。那个影子的呼吸中充斥着马尸的恶臭。

四

夜间，我四处游荡。我在夜里辗转难眠，便四处游荡，并渐渐明白了我爸为什么要这么做，也弄懂了眼前上演的一幕幕，但说明不清楚。在毛茛泉那晚后又过了几天，我逃走了。与其说是逃出村子，不如说是逃避自己的脸。如果孩子们白天追着我大喊"他被老婆甩了",我会很痛苦。但是,如果让他们看见我被毁容的脸,我会更痛苦。因为我的脸被毁了,他们还嚷嚷着妻子离开了我。也许那张狰狞的脸才是我真正的脸,才是我一直以来该有的脸。但从这张脸上,我认不出自己。我变成了另一个人,变成了我爸。当我走进家门时,发现屋里空荡荡的,因为我妻子已经回到了屠宰场的老人那里。她小的时候,在我爸、他的生命和其他一切被暗影带走之前,她就住在那里。由于经常在夜里游荡,我比任何人都熟悉村里的路,哪怕是蒙上眼睛也不会迷失方向。渐渐地,一切都变得不同了。消逝湮灭,支离破碎。事物变得模糊不清,仿佛在经受折磨之后,伤害变得很遥远,痛苦也变得很遥远,远到比较容易忍受。在黑夜里,我站在月光下的日晷上扮演时间。月亮在天空中凝视着我。时间艰难地向前移动。当我站在日晷上的时候,有什么东西从我体内、从时刻、从时间中逃离。从我体内逃离的东西漂在河面上,漂在芦竹丛边,欣赏水波荡漾。我眺望河水,看有没有涟漪出现。我以为会有,可是并没有。站在日晷的石盘上,我想看见的涟漪是那天早上的涟漪,由一只我再也看不见的手拨弄出的涟漪。我迷失在两段时光之间,期待接下来会发生什么。我用手在空中画圈,但它们并没有像水中的涟漪一样扩散开来，无论我怎么挥手，都没法让它们显形。我只看得见自己胳膊投下的影子，还有自己身体投在石盘上的影子，虽说它们看起来一点儿都不像我。渐渐地，一切都融化了。从我体内逃离的东西又回来了，但衰减了许多。我朝村子走去，沿着空荡荡的街道缓缓前行，嗅闻紫藤叶中残留的春之余韵，那迷失方向、已然消逝的春天。在黑夜里，我在街上寻找那个姑娘。要是听见有无脸人过来，我就赶紧拐上另一条街。要是感觉到她住在我走的这条街上，我的心脏就会难受地骤停，但那只是短暂的停歇，因为我会想要逃跑，不希望被她瞧见。每次我从日暮石盘上走下来，都觉得当晚就会找她。我身后出现了一缕曙光，从上游乱石滩背后升起。我回村的时间越来越晚，不是因为不想回去，而是因为缺乏回去的欲望。有一天晚上，我去了河滨空地，收集了一些黏土。我还没意识到自己在做什么，就捏出了一个小泥人。但黏土太软，泥人塌了。我给它做了两条腿，但把腿跟身体连起来的时候，腿却打了弯。我听见远处传来了嘶鸣，是从洗涮区传来的。空中回荡着铁匠儿子发出的嘶鸣，就是那天晚上在村子中央听见的嘶鸣。我折下一根小树枝，由下而上贯穿泥人的身体，戳进它的脑袋。然后，我捏出两条胳膊，再用树枝把两只小脚板插到腿上。我凝视着手中仍然柔软的小泥人，捏住它的腰际，让它双脚着地，向前移动。它看起来就像在行走。有时候，我会把它拎起来，让它掉进水里。它既不是人，也不是鸟。我捏了许多小泥人，让它们都面朝大河。我喜欢回想那天早晨在水中扩散的涟漪，或许它们就藏在某个看不见的地方。第二天，我没有去日晷那边，而是被吸引到了河边，仿佛留在地上的小泥人在召唤我。我每天晚上都去那里，睡在那边。第二天早上，我感觉有人在摇晃我的肩膀，就醒了过来。我收集小树枝，用叶茎缠起，再在外面糊上黏土。我做出小小的骨架，把它们牢牢捆好，然后糊上黏土，捏出双腿、身体和后背。我捏了许多只有一条胳膊的小泥人，那是我的孩子，我的孩子们。在捏那些小泥人的时候，我想起我妻子跟老人住在一起，晚上还会去毛茛泉，但我并不在意。我又捏了个稍大的泥人，假装是我妻子，这样她就又跟我在一起了。但捏好后不久，我就把它扔进了水里，因为她已不再是那个跟我爸在一起的人，也不再是那个跟我在一起的人。她说，她之所以离开我，是因为我变得很像我爸，而死人让她害怕。她说这话的时候，脸上的表情跟她说她不爱我们孩子的那天一模一样。她就是不爱孩子，也不想要孩子。孩子不请自来，住进了我们家，占据了我妻子原本拥有的空间。我突然感到焦躁不安，为我的孩子而不安。因为她不得不活着,不得不呼吸,却不明白为什么要呼吸,为什么光线会变色,为什么风会转向。我想为我残疾的孩子哭泣。那时,她才刚刚踏上人生之旅,眼睛闪亮,但还不会说话。她会望向我手指的方向,把词语和物体联系起来。她就是这样学会说"叶子"的。我边对她说出"叶子"这个词,边捡起一片叶子给她看。

小泥人们在等着我。我会重塑破损的泥人,用柔软的黏土填补裂缝。我捏了一些有两条胳膊的泥人,趁它们还柔软的时候让它们走路。我把一个泥人摆在地上,让它朝我伸出一只手,然后退后一步打量它。有时候,我不得不在泥人周围堆上黏土,好把它撑住,免得它倒下。我会轻轻拂过它的指尖,那不过是一团黏土。我不知该怎么做手指,每次试着做,指头都会掉下来。我拿起那个泥人,把它贴在我的脖颈和脸颊边。没有一丝爱意。爱意味着肌肤相互摩擦。这似乎不算什么,但血液的脉动是共通的。河边那个姑娘不知去向。如果她在附近,看见了我,也会逃走的,就像我妻子一样,跑得头发凌乱,手脚乱晃。也许她唯一能留下的东西,就是逃跑时脚丫踩在地上的水渍。那双脚如此温暖,又如此温柔,能帮我活下去,助我入睡和呼吸。

随着天色破晓,我看见了死亡。水中映出了死人的脸,那是我的脸。我不知道自己为什么会这么想。我问自己：死亡始于何处？是从你皮肤里喷涌出来的，还是从皮肤底下钻出来的？它从何处开始杀戮？是从你的指尖、从人生之痛起始处的五脏六腑中开始的，还是从你的手肘或膝盖开始的？每个人的死亡栖居在何处？是在睡梦之中，还是在醒转之时？死亡会不会因为厌倦杀戮而死去？当皮肤变凉，肉体僵硬，一切都变得冰冷又麻木的时候，死亡去了哪里？如果说死亡人人都有，每个人都会死亡，那为什么我们从来不提起它？死亡在男男女女体内等待，就像携带痛苦的小虫。孩子的死静默又隐蔽，等待石头袭来，眼睛半睁，嘴角含笑。为什么人们常说"死亡来临"，而不是"死亡逼近"？树里的死亡，也就是树葬，是从内部腐烂，最终仍是死亡。庇护死者的大树，随着时间的推移，极为缓慢地化为尘土，四分五裂。囚犯说过，死亡就像毛毛虫。死亡住在树里，就像毛毛虫体内的蝴蝶。破茧而出的时刻极其痛苦，许多蝴蝶都在那一刻死去。如果无法把血液输送到翅膀，它们就会死去，卡在毛毛虫枯萎的外壳里失去。也许灵魂逃脱时没有颜色，没法哭泣，形单影只，无人理会。人们认为灵魂被水泥封在了身体里，封在了树皮下，囚犯却说它会逃脱。它总在寻找肉身最快腐坏的地方，树皮最快开裂的地方。灵魂住在树里，从最后一片叶子的叶尖到扎得最深的树根。死亡包围着我，它们从树里逃了出来，像花儿一样遍地怒放。我就是死亡，我的心是血管的囚徒，血管从四面八方束缚着我，就像永不饶恕的大蛇，冲向我的肝脏、我的肺，在它们一分为二时弓起身子，好让我能够呼吸。这一切都发生在我的胸腔里。欲望在心中滋生并茁壮成长。许多个清晨，我在捏泥人的时候，会呼吸急促，嘴巴大张，双手握拳，试图逼欲望进入我体内，可它就是不肯进去。我会毁掉那些泥人，会拿起那些只有一条胳膊的泥人，将它们碾碎。那些有两条胳膊的泥人，我会用手握住，一个接一个放进水里，让它们慢慢溶化。河水会吞噬它们，正如我爸的死在吞噬我的生命。第二天，我会重做泥人。我想做很多很多的泥人，一整座村子的泥人，全都一模一样，有两条胳膊。我会低声对它们说话，不时发出叹息，那简直不像我的声音。柔情将我化成了水，所有从我体内逃离的欲望都来自水中。我不知道为什么，也不知道那些清晨是什么样的，因为无法用词语形容。是的，无法用词语形容，必须创造新词。

五

我站在河边，沼泽边，倾听黑夜之声。我还以为看见了水中的涟漪。我的想象力让那个姑娘鲜活了起来，将她带回了我身边。她的头发高高扎起，但在快来到我身边时，长发披散了下来，散落在后背。她又凑近了一些，融进了我的身体，仿佛她和我都是雾气。她退后一步，用两只有力的小手搂住我的胳膊，我们开始散步，朝水边走去。当我们走到水边时，河水突然退去。我们不断向前，水线则越退越远。我从来没有像这样跟别人一起散过步。我和妻子散步的时候会手牵手，或是我伸出胳膊搭在她肩头，或是她搂着我的腰，就像孩子们那样。但那个从水里出来的姑娘紧紧贴着我，两只手同时搂住我的胳膊，笑语晏晏。我看不见她的脸。她没有脸，可是在笑。我们就这样散了好一会儿步，沿着布满沙砾的干燥小道，朝面前那摊死水走去。狭窄的小道两边长着许多纹丝不动的芦竹，组成了扇形的拱顶。很快，我和那个姑娘就会从中间穿过，看不见天空和群山，只看得见树叶。她放开我的胳膊，站在我面前，我也面对着她。我们嘴唇齐平，四目相对，心跳如擂鼓，仿佛只有分离，永远无法相遇。我能感觉到她的呼吸像鸟儿一样，在呼唤柔情。就在那一刻，我恢复了神志，开口轻声说："我不希望这样。"但这句话不是对任何人说的。

我走到沼泽边，那里生长着泥花。泥花是一种孤独的花儿，没有叶子。沼泽边有成片的泥花，潮湿的地面上长出嫩绿的花茎，顶端是花苞。花苞越长越大，绿色中掺杂着石粉的猩红。有一天，我蜷起身子蹲在地上，等待它开花。花儿绽放的时候，伴随着"咔嗒"一声，花瓣舒展开来。我摘下那朵花儿，断茎喷出了苦涩黏稠的汁液。如果你摸了那些汁液，再用手去摸嘴唇，嘴上就会长出水疱。突然之间，我意识到了自己想要的是什么——是悲伤。散落在泥土中的小石子就像悲伤，成片的悲伤。我往回走去，不知道自己在那些夜晚徘徊了多久。小泥人都死去了，被毁掉了。我在寻找某种纽带，却不知自己在寻找什么，也不知该去哪里寻找。如今我知道了。如今，我的生命已经绕过了完整的一圈，就像一颗即将爆裂的肥皂泡。我等待天色破晓，好借着水面打量自己。我一手捂嘴，水面上映出了悲伤的双眼。天空如此辽阔，大地如此宽广，村庄则如此渺小。我攥起一块石头，狠狠砸向自己的额头，仿佛那只手是别人的手。虽然我并不想哭，但眼中还是盈满泪水，眼前的一切都像是水中倒影。如今，我眼睛里蓄满了咸咸的泪水。我抬起胳膊，盯着自己的手看。那不是我想要的手。我走向铁匠家，去看铁匠的儿子。他躺在床上，正在自慰。我假装没有看见。为了不看他，我便想着自己的手，我女儿的手，老爷的手，给我硬灌下酒水的老人的手。我看着自己的手，这只手不属于任何人，不属于我，不属于水，不属于生命，也不属于死亡，就像我一样。我的手，就像我一样。

走到屠宰场，我不得不停下脚步。我觉得不舒服，便在墙边停下，眺望远方。从上游乱石滩的方向飘来了许多云朵。我抬头望去，慢慢逼近的云朵让我犯晕。我转过身，脸冲着墙，把头撞了上去。我觉得想吐，但没吐出来。墙壁散发出马尸的恶臭，与夜风混杂在一起，试图挽回过去的事物，那些不可能再有的事物，希望重获生机却无法做到的事物。我开始朝家走去，担心走不到家就会倒下。大门虚掩着，能看见院子尽头有微弱的星光。就在这时，我挨了揍。揍我的人叫我别再大半夜乱晃了，要是我还半夜乱晃，他们就会杀掉我。这番话伴随着马尸的恶臭，还有从村下暗河游过的记忆——河水将我卷走的时候，那个接近我的东西也散发着马尸的恶臭，就是这东西使我松开了手里攥着的紫藤根。但那天我没有分辨出来，因为其中还掺杂着河水与青苔的气味。在毛茛泉追赶我的那个影子也散发出同样的恶臭，同样的气味。铁匠狠狠揍了我，揍了一下又一下，直到我转过身，将他打倒在地。他抓住我的腿，想把我拽倒，但我身后有一扇门，于是我便往后一仰，倒在了门板上。铁匠起身以后，我狠狠踹向他，听见了他的呻吟。他肯定是滚着逃开了，因为我怎么都找不到他。他再次从背后扑来，敲晕了我。

我醒来的时候，有人在盯着我瞧。我浑身上下都疼，就像村子着火的那晚那样躺在河边，他们都盯着我看。我妻子跪在我面前，凑得很近，凝视着我的双眼，就像那天下午我在院子里凝视我爸的双眼。我刚一动弹，我妻子就起身离开了。我靠墙坐着，弯下腰去，仿佛在寻找与生命的联系，但将我束缚在世间的感受已犹如枯草。于是，我朝后一仰，靠在了墙上。我妻子离开时，我站起身来，却不知该怎么做。我打开了那个年深日久、已然发黑的白木箱，里面躺着那根旧绳和锥子。我俯下身，盯着绳子和锥子看了许久，直到膝盖开始隐隐作痛。接着，我拿起绳子，在手腕上绕了三圈，另一只手顺势摸向绳头，但什么都没摸到。

闪电划破天空，惊雷随即炸响。雨点落下之前，雷声接连响起，仿佛天空被撕裂了，闪电是来灼烧天上的伤口。雨水如洪流一般，倾泻在房顶上。天空仿佛不知疲倦。大雨下了一整夜，直到第二天清晨才停歇。

六

我想好好看看村子。我家空荡荡的大门前有棵紫藤树，树干上有我妈刻下的三道刻痕。男人们纷纷走出家门去干活，我望向他们的脸。在那之前，我从来没有如此专注地凝视过村里人的脸。男人们都不看我，女人们则望向我，但我弄不清她们看我的眼神是怜悯还是厌恶。男人们都对我视而不见，假装看不见我的脸。老人的脸，年轻人的脸，每张脸都承载着人生经验，仿佛历史就书写在那些脸上。突然，我听见了大锤敲击铁砧的声音，是从反方向传来的。我最后看见的是三个孩子的脸。我从马厩边离开村子，朝木桥走去。那里有三个小男孩在挥棒对打。我停下脚步，看了一会儿。其中两个小孩左躲右闪，但另一个孩子知道怎么能在身体保持纹丝不动的情况下避开攻击，还能向对方发起进攻。那个主动进攻的孩子脸形狭长，眼睛不大，额头很低。另外两个孩子则是圆脸大耳，眼神绝望。我开始过桥，但走到桥中央就停了下来。天空澄澈，河水清朗，衬得暗色的山峰轮廓鲜明。那天风和日丽，我几乎能数出远处山坡上有几棵树。我转身往回走去，男孩们还在对打。见我走回来，他们暂停了打斗。我抬起胳膊，遮住眼睛。其中一个圆脸的男孩走过来，站在我身边。我开始往前走，他也跟着走，不过因为我走得慢，他很快就走到我前面去了。他走在前面，但一直离我不远，还时不时扭头看我的脚。只要看见了我的脚，他就转过去背对我。走到养马的围栏边，我停下脚步，凝望马拉迪纳山、紫山和老爷住的那座山，断崖上爬满了如今还是绿色的爬山虎。眺望那么远的地方让我疲惫不堪。我口袋里装着锥子，就是小时候妈妈给我扎耳洞的锥子。她说："你想要什么都能有，但要伴随着痛苦，直到你学会什么都不想要。"锥子是从我妻子放绳子的木箱里找到的。我停下脚步，看着吃草的马，它们皮毛闪亮，眼神迷惘。我回头望去，那个男孩稳稳地站在我面前，抬头盯着我。太阳从下游乱石滩的河岸边落下。上游乱石滩的背后，一切都是灰蒙蒙的，迷失在灰暗之中。守卫跟他们骑的小马就住在那边，那些小马的马尾长可及地。男孩继续在我前面走着，但时不时转过身来，直到我俩在养马的围栏尽头分道扬镳。当我望向他的时候，他已经走远了。由于办葬礼的那片河滨空地呈弧形，我几乎看不见马拉迪纳山山顶的枯树。走到河道拐弯处，我试图寻找我第一次游过河的地方。我还记得左边有一丛灌木，可它不见了。我之所以知道那丛灌木在那里，是因为我起初打算把衣服放在它旁边，而不是搁在树下。如今，这里零零星星长了不少树。在河边，我发现了一处我毫无印象的地方。那是一片狭长地带，布满了大大的白色鹅卵石。我那天是从哪里过的河？记忆在跟我耍花样呢！杀死大蛇的人就死在了河道拐弯处，被他的马践踏而死。我第一次游过河的时候并不知道这些。他和他的马在追捕大蛇时融为一体，杀死大蛇后又一分为二。我开始寻找某些小标记，不管是什么，只要能帮我找到那天过河的地方就好。我走过来走过去，偶尔抬起胳膊遮眼，因为光线越来越强，我的眼睛受不了强光。我脱掉衣服，光着身子坐下，背靠大树，感觉它支撑着我。我左手边的沼泽地前面有个周围开满泥花的池塘，我右手边的远处是河岸边的芦竹丛。清晨时分，周围一片死寂，芦竹摇曳不定。在阳光下，绿色的塘水几乎变成了无色。我划水前进，水溅进了眼睛。很快，铁匠家就会重新建好，就像其他所有人的屋子。马会在月夜里长嘶，铁匠的儿子会嘶声回应，而那个男人会……水溅进了我的眼睛。那一处河面很宽。水流平缓，但河面很宽。阳光在水面洒下点点亮斑，阳光没照到的地方则是暗影。上岸后，我坐下休息。我本希望有事发生，可并没有事情发生。小草在呼吸，享受这一刻。我喘气只是因为疲惫，因为游过了宽阔的河面。

七

我一上午都躺在岸边，望着水面、天空和马拉迪纳山上空汇聚的云朵。阳光明媚，天气凉爽，蜘蛛在树枝间织网。我趴在地上睡了过去，免得被强光打扰。太阳照在我的后背上。我大概从来没有睡得那么沉过，沉到醒来时大吃一惊。等我觉得大概是睡不着了，才慢悠悠地走到河边，整个人完全浸到水里，直到河水没过头顶，然后从河里出来。当我走到苗圃中央时，闻到了混合着粪便恶臭与紫藤花香的气味。我不知道那股气味是从哪里飘来的。由于被河水分隔，它显得非常遥远。在晒过太阳又游过泳后，走进树荫让我有如置身黑夜。无数蝴蝶飞来飞去，许多只停在树上休息，翅膀立起，像白色的树叶。斧头和干草叉还搁在老地方，靠近树干的地上散落着一些钉子，是从树里撬出种荑时固定树皮用的。我从树荫和蝴蝶下方慢慢走过,肩上扛着斧头,手里拿着锥子和干草叉。我用指甲在树皮上划了个十字。我的指甲已经变硬,像我爸的一样。划出十字标记后,我想走动走动,因为我浑身都在发抖,从头到脚都在抖。但那不是因为我从太阳下走到了树荫下。那颤抖源自我的内心,不是出于我的意愿,也不是出于风的意志。我们拿来当锅的石头上还剩了不少小骨头。我捡起几块,抛向空中,看着它们落下。它们的颜色跟从前一样,发出的声音也一样。安葬老爷的那棵大树枝繁叶茂,树干极粗,刻着蜜蜂的铁环嵌在大树根部。我走上前去,伸手搂住树干,两条胳膊勉强能围上一圈。多刺的树篱已经被铲平。我抬头望去,被飞舞的蝴蝶迷住了。随后,我走回我的树下,开始撬开十字划痕。每挥一斧,每劈一记,我的心都会猛跳一下。突然间,我被恐惧攫住了。我身后就是那株灌木,那株开着黄花、停着蜜蜂的灌木。我爸走进树里的那天,我就藏在它后面。我俯下身子,捡起一片枯叶,上面只剩叶脉,像一张铁丝网。它也曾柔嫩,也曾披过嫩绿的外衣。我捏碎了那片叶子,然后五指张开,让碎片纷纷飘落。我还记得,当时我胆战心惊,一听见脚步声就躲到了灌木后面。当时的一幕幕又浮现在我眼前。正在撬开树皮的人变成了我爸,而我则躲在灌木后面。两只蝴蝶互相追逐的影子让我分了心。我挥手赶走了它们，回去做自己该做的事，挥动斧子劈开树皮。树干十分坚硬。头一次被劈的时候，树皮都很结实，但只要被劈开过一次，再次打开就会容易得多。过了一会儿，我的手掌开始刺痛。我便把斧头搁在地上，往手心里吐了口唾沫，合掌搓了搓。大拇指和食指间通常称为虎口的地方已经磨出了水疱。

劈开十字的一竖后，我将树皮朝两边扒开。随后，我暂停片刻，抬起胳膊遮眼。虎口的水疱破了，里面的水流出来了。在表皮破裂、露出嫩肉以后，感觉很疼。树里冒出了一股气味，一种我从没闻过的气味。它相当清新，就像一波巨浪，直击我的心灵深处，逼着我吸入那股生命的气息。它被阵阵烟雾包裹，从树里钻出，向我袭来。

蝴蝶已经飞了一整天，现在就像疯了一样。它们似乎越来越多，仿佛阳光和斧劈在鼓励它们破茧而出并迅速长大。恐惧又攫住了我，让我背后淌下了一滴汗。我觉得在我身后蜜蜂采蜜的地方，躲着个偷看的孩子。他会跑去告诉村里人，头一个就告诉铁匠，有个男人在亡者森林里用干草叉撬树皮。

我大步走向那株灌木，但刚迈出四步就绊了一跤，脚被树根卡住，磕伤了膝盖。灌木后面什么都没有。热血顺着我的腿蜿蜒流下。当我转过身，准备彻底撬开那棵树时，突然听见了一阵笑声，像是从回忆里冒出来的。我感觉有一缕湿发在爱抚我的左脸，就在我心脏正上方。仿佛一阵风吹过芦竹丛，让绿叶拂过了我的脸颊。我猛地动弹了一下，抬起胳膊遮住眼睛，藏起虎口水疱破掉露出的嫩肉，藏在我额头上的累累伤痕之中，努力不让脸颊上的爱抚消失。我捂住脸，这样爱抚就不会逃走了。一缕阳光灼伤了我的胸膛，烤干了我膝盖流出的血。树枝晃动了一下。时间在流逝，而我必须让它停止。树枝在摇晃，树叶在摇晃，草叶也在摇晃，仿佛所有无法出声的东西都想对我说话。

种荚从树干里滚落出来。我拿起锥子，对准自己的心脏。我只能留给他们一具尸体，一场没有葬礼的死亡。我走回森林入口，把干草叉和斧头放回原处，然后慢慢走了回来，因为膝盖很疼，行走会扯动已经结痂的伤口。我踢了一脚种荚，让它滚到另一棵树旁边，然后捧起落叶盖住了它，希望他们很久以后才会发现。要是他们把我从树里拽出来，肯定会把我折磨致死。我从树皮上取下了四颗固定用的钉子，任由它们一颗接一颗滚落在地。我拿锥子刺进心口，生命之门随之关闭。我可以随心所欲地开启自己的人生故事了，可以用不同的方式讲述它，可以从我孩子的死说起，从铁匠的儿子在亡者森林里蹦到我面前那天说起,从我去拜访老爷那天说起。我做什么都不重要,我的生命之门即将关闭。就像已经变成玻璃的肥皂泡,我无法抹去任何东西,也无法增添任何东西。我无法改变自己生命中的任何东西。死亡从我心中逃离。当体内不再容纳死亡时,我才算真正死去。